守 灯 人

蔡晓菲 著

天津出版传媒集团
百花文艺出版社

图书在版编目（CIP）数据

守灯人 / 蔡晓菲著. -- 天津 : 百花文艺出版社，2025. 1. -- ISBN 978-7-5306-9020-8

I . I267

中国国家版本馆 CIP 数据核字第 20258TS130 号

守灯人

SHOU DENG REN

蔡晓菲　著

出 版 人：薛印胜

责任编辑：宋春悦

封面设计：吉建芳

出版发行：百花文艺出版社

地址：天津市和平区西康路35号　**邮编**：300051

电话传真：+86-22-23332651（发行部）

+86-22-23332656（总编室）

+86-22-23332478（邮购部）

网址：http：//www.baihuawenyi.com

印刷：三河市中晟雅豪印务有限公司

开本：787毫米 × 1092毫米　　1/16

字数：168千字

印张：14

版次：2025年1月第1版

印次：2025年1月第1次印刷

定价：69.80元

如有印装质量问题，请与三河市中晟雅豪印务有限公司联系调换

地址：三河市沟阳镇错桥村

电话：（0316）3225515

邮编：065200

目　录

第一辑　四季

第二辑　守灯人

第三辑　正当时

第一辑　四季

奶奶背上的四季

周末带上娃，一同去乡下探望奶奶。大门虚掩着，推开门，唤了几声，无人应答，冰冷的大理石光滑得像是遗落的圆珠笔的走珠，从上面走过，留不下丝毫印迹。卧室的门开着，只见奶奶安定地坐在床沿上，背蜷缩着，几根灰白的发丝在空气中零散飘着。

奶奶是一个平凡的女子，个子矮矮的，说话嗓门也不大，眼睛常眯起来，对我来说却是一个最安心的港湾。在奶奶的背上，我见过四季的更替，听过鸟儿的鸣叫，闻过桂花的甜腻，品过人生的来去。

走到近处，奶奶手里握着刮痧板发呆，顺着她的目光看去，桌上她和爷爷的合影摆在老式的相框里。照片里两个人坐在院子里，乐呵呵地一起拾掇种的蔬菜，奶奶穿着时兴的碎花小衫。

奶奶的生命像极了自然的四季。

有春的生机。记得有一次奶奶身体不舒服，邻居突然说起，要不试试刮痧。奶奶从木柜子里找出刮痧板和油。奶奶的背像是历经坎坷的河流，水流渐少，贴着土地，没有活力。倒上油，爷爷轻轻地刮背，奶奶摇摇头，说：“用力点好了，多久没刮过痧了。”不一会儿背上就露出了红红的印记。爷爷心疼地问奶奶疼不疼，奶奶笑笑说：“就是这个感觉，得劲得很。”

有夏的喧闹。奶奶拢共生了五个男娃，靠干农活养活一大家子。现在最大的儿子也退休了，有儿子是大农户，有儿子是老师，每次过年晚上聚在一起吃饭，好几代人在一起热闹极了。奶奶闲不下来，在灶头间佝偻着腰忙这忙那。爷爷坐在客堂间和儿子们小酌，聊着近日各个小家的日子，时不时丢几块骨头下来，家里养的鸡、村里的狗子急忙凑上来争抢。孩子们举着掉下来的树枝，往水里赶鸭子。小院子里笑声、叫声、水声，声声悦耳。

有秋的落幕。自从爷爷走后，奶奶的背更弯了，原本个子就不高的奶奶，看着更矮了，脸上的笑容也少了。虽然小辈们也时常探访关心，可奶奶这老一辈的更习惯了不想让小辈操心，很多事情都咽在自己肚子里。每次去乡下，我总喜欢拿着梳子，给奶奶梳头，让奶奶靠在我的身上，她总是担心我累，我就让她放心的往后靠，梳完头再给奶奶捏一捏肩膀。我知道小小的我其实使得上的力气不大，但是奶奶总是配合得很开心的样子。

有冬的萌芽。奶奶九十高龄了，虽说身体挺硬朗，但是行动确实迟缓了些，眼神也没有以前好了，说起村里的老人有好几个没有熬过去年冬天，她显得很淡然。不过还好，小辈们有时间经常去乡下看望奶奶，去年冬天，奶奶有了曾孙女，五代同堂，这是多少人羡慕的场景。她和奶奶有一种天然的亲昵，小小的人儿一直想要奶奶抱，奶奶笑笑说："我可背不动你啦，太老啦。"我对奶奶说："你还有好多个冬天、好多个四季要过呢。"这个冬天，何尝不是另外一种春的萌芽呢。

看着奶奶握着刮痧板略显失落的神情，也许之前爷爷奶奶也为了琐事争吵过，但是奶奶心里更多的应该是想念吧，虽然嘴巴上不提，但是藏在深处的刮痧板，也许就是她藏在心里的惦念。

走的时候我抱了抱奶奶，抚摩了她干瘦的脊背。在忙碌的生活中，有时间还是多回家看看，多抱抱老人，曾经是他们带我们成长，现在轮到我们站在他们的背后。

给奶奶美颜

不知道人小时候是不是都喜欢在犄角旮旯里找宝藏，家中每个角落儿子都可以翻箱倒柜捣鼓小半天。苍蝇拍、夹核桃器、捣蒜器都能成为他的玩具。今天又把“魔爪”伸到了书房，这下好了，把不少书、相册打翻到地上，我在心里默念“忍住，忍住”，用尽量温和的语气告诉他一起收拾，现实情况是，我跟在他屁股后面捡，他在前面翻，我决定索性先一起“摆烂”，瞧瞧他能翻出什么新奇玩意儿来。

耳边传来声音，儿子奶声奶气地问：“这是什么呀？”我一看，他指着相册上的东方绿洲。我把他揽在怀里，从头开始翻页，给他讲照片里的故事。相册里的照片都是平常抓拍的，我喜欢抓拍的瞬间，生动真实。有儿子从出生到现在的照片，有去田里耕地劳作的照片，有去乡下奶奶家采摘的照片，等等。照片就是有这种魅力，虽然有的拍的时候模糊了，再加上印的时间一长有点看不清，但当下的音容笑貌可以保留下来。

每回给奶奶拍照，她总是摆摆手不乐意。她说自己年纪大了，脸上都是皱纹，拍出来不好看。我给奶奶看现在流行的美颜和动图效果，奶奶脸贴着屏幕，说：“我都不认识自己啦，不拍不拍。”但哪里拗得过我呢。我打开手机摄像头，就打算给奶奶拍。奶奶说：“那我去梳个头吧。”把碎头发重新梳起，用发箍箍起来，沾点自来水，往头上一抹，奶奶还不好意思地站在那里。

我打开效果，兔子耳朵、兔子牙齿、小熊耳朵的效果就出来了，奶奶乐得不行。拍的效果不那么自然，我思考了下，还是去地里拍吧。奶奶总是愿意配合我。到田里，奶奶到了熟悉的场景，自然放松下来，忘记了我在拍照，只是像往常一样摘菜，我叫一声“奶奶”，她眯着眼睛朝我笑。哪儿用得到美颜呢？这大自然的光打下来，映衬在一片绿意中间，奶奶显得充满盎然生气。

奶奶看着照片，直夸拍得好。我把照片打印出来，放在奶奶床头。奶奶拉着我的手说：“以后我们俩少一起拍照啊，听话。”我不太明白地问为什么。奶奶不说话。直到奶奶去世以后，我才听闻这样的传统，合照中如有人离世，要么得剪去，要么得贴张什么纸头。我翻看着我们曾经的合照，奶奶的笑一如从前呈现在我眼前。

我指着奶奶的照片，问儿子这是谁呀？儿子立马回答是南苏里太太。虽然我知道也许过了几年、十几年，儿子脑海中对于太太的直观印象会越来越淡，但没关系，以后只要每翻开一次相册，我都会告诉儿子，这是太太，她牵过你的手，你在她的床上翻过跟头。

我的爷爷是党员

这两回和奶奶通电话，爷爷一直在电话机旁边念叨，要把电话拿过去说。爷爷自从得了帕金森以后，说话口齿不太清楚，只是依稀听到说要我给他拍照。我暗自嘀咕拍什么呢，也没当回事。过了几天，老妈说爷爷一直念叨着拍照念叨很多天了。想着也好几天没去看望他们了，正好买了点蔬菜水果去看看究竟拍什么照。

一进门，爷爷就急着往抽屉里掏。我好奇，一看是一个精美的盒子，爷爷用颤颤巍巍的手打开，把一个纪念章郑重地放到我手中。我细细一看，是光荣在党50年纪念章，亮晃晃的。我才明白，爷爷说的拍照是拍什么。爷爷坐在凳子上，把衣服领子折好，腰板挺起来，紧攥着脖子上挂着的纪念章，努力睁开眼睛，笑着。我连着拍了好几张，给爷爷过目，爷爷像个孩子似的，说再拍两张吧。

爷爷年轻时上过学，认识些字，在村上算是有点学问，所以当了村里的大队长，主要就是给大家记工分、算账。听奶奶说，那个年代工分常常是负的，能有个正的工分已经是谢天谢地了。爷爷是个对外公正无私、对家里严苛的人，我们家的工分总是大队里最少的，奶奶一个女人，总是早出晚归、忙里忙外，不免和爷爷闹矛盾。

记得那时村里有一次发电风扇，身为大队长的爷爷没有直接拿回家，而是先到了村里挨家挨户送，我们家是最后拿到电风扇的，夏天都过去了。为了这个事情，奶奶怪爷爷很多次，哪怕现在我都生了孩子，奶奶也会把这个事情拿出来说:“你这么干，谁感谢你呢？”

每每这时，爷爷总会摆摆手说自己是个老党员，这些觉悟肯定要有。说实话，作为小辈的我们那时还不太能理解党员这个沉甸甸的身份赋予的使命与责任。只记得电风扇吹来的风舒服极了，带走了潮腻夏日里的燥热。

后来大学里，我也提交了入党申请书，记得入党介绍人曾问我：为什么要入党，入党的动机是什么。那时我记得也是一个夏天，我和入党介绍人站在宿舍楼下，耳边传来同学们的欢声笑语，可我脑海里闪现的是爷爷这个老党员在那个夏天经受的不理解。也是通过这件小事，我对入党有了更深刻的理解。

现在我也在党近10年了，爷爷也在党50多年了。每每他聊起曾经岁月的时候，眼神里还是流露出光芒，尤其是手中摸着纪念章的时候。爷爷的照片打印出来，一张放在相框里，竖在桌面上。还有一张，爷爷掏出一个硬笔记本，夹在里面。爷爷慢慢地一页一页翻着，说着自己年轻时的故事，说着说着他仿佛就回到了那个夏天，那个朴素的年代。

儿子的“小小警察梦”

一向乖巧的儿子最近“变了”！传说中“可怕”的两岁要来了。尿布不愿意换、吃饭三心二意、一不顺心就小嘴巴噘起来，小脾气见长。不过我妈一点不愁，因为她有绝招，只要一喊“警察叔叔来了”，儿子就立马乖巧，隔空敬礼，变得非常配合，还会问“警察叔叔呢？”

这敬畏感是来自哪里呢？我想了好久没找到源头。忽然有一天，我从他手中的绘本上找到了答案。原来有一本他最喜欢的书，讲的就是大象警察抓小偷的故事，大象穿着警察制服，开着威风的警车，帮助小猫女士拿回了手提包，把小偷绳之以法。每次讲到这本书，儿子眼里就闪动着光芒。

既然有这个绝招，我灵机一动，想出了一个好办法。周末商场正巧有职业体验活动，一看有小小警察体验，立马报名。到现场，有警察叔叔穿着制服、戴着警帽，站得笔直。他换上小警察的服装，跟着警察叔叔一起整齐划一地齐步走、立正、敬礼，虽然动作不怎么到位，但是从头到尾沉浸在活动中，专注极了。

活动最后，国歌响起，五星红旗缓缓升起。一列列小警察在警察叔叔的带领下，挺起胸膛，向国旗敬礼，一张张稚嫩的脸庞，此刻显得认真且严肃。不知为何，我也莫名觉得感动，小小的个子，仿佛迸发出不寻常的力量。活动结束，他恋恋不舍地脱下小制服，警察叔叔笑着摸摸他的头说:“小朋友，欢迎以后加入警察队伍哦！”他似懂非懂地点点头。

回到家，他兴奋地和家里人一遍遍分享活动细节，虽然是牙牙学语的年纪，表达有些含糊不清，但是那一股劲头，过了好多天都还在。也是这个时候，我感受到儿子对警察变得更加崇拜和向往，像警察叔叔一样，一样威风、一样英勇、一样帮助弱者。

警察节马上要到了，我给儿子准备了一个小惊喜。按照他的身高，上网买了一套小小警察制服，还有一顶警察帽。虽然和真的警察制服有差距，但当他看到我手中的惊喜，他眼睛都在放光，饭都顾不得吃了，立马让我帮他穿上，对着镜子来回照着，还拉着我们玩警察抓小偷的游戏，乐此不疲。

没想到，与警察近距离接触的机会很快就到了。我手机上收到一条宣传反诈骗的短信提醒，一开始没当回事。当天就接到镇上派出所的电话，还以为是诈骗电话，没想到他们还需要对接收到短信的人进行实地防诈宣传。约好时间，等着这第二个惊喜。“呀，警察叔叔来了！”儿子忙不迭戴好帽子、穿好衣服，对着警察叔叔敬礼。

警察摸了摸他的小脑袋。这个好机会怎能错过？我对儿子说，你要好好吃饭，警察叔叔就会一直来看你哦。小警察站在真警察旁边，一起向我宣传防诈骗知识，我看着眼前的小小警察，有模有样地点头、敬礼、立正，觉得他仿佛在闪闪发光。

也许小小的他，还不知道梦想是什么，也许长大以后他会有别的职业选择，但此刻的他，正在成为警察的梦想之旅上遨游着，我也愿意为他的梦想插上一对翅膀，让他无所畏惧、一往无前！

给奶奶寄一个“云”发箍

刚到家，快递员打电话来，说有个快递到了，我拆开一看，原来是老年人发箍。原本是买了给奶奶的，没想到快递到了，可奶奶却不在了，悲伤的情绪一下子又涌上心头，眼泪止不住地落下来。

奶奶九十高龄，原先一直精神很好，把自己拾掇得利利索索。还能自己打一盆热水，弯着腰在院子里洗头，用毛巾擦干。奶奶头发白了，她对着镜子，用老早以前的头绳一圈一圈扎起来，额头上面的碎头发就用黑色的发箍箍起来，头上再套上一个蓝白相间的布头，坐在院子里择菜。完全看不出这么大年纪了，相比村上同龄的老人们，她是活得最乐观、最要强的一个了。

儿时，我就喜欢鼓捣奶奶的头发。把奶奶头发解开，用木头梳子梳一梳，左右各扎一个小辫。父亲总是说我，把奶奶打扮得稀奇古怪的。奶奶摆摆手说：“我这把年纪了，丫头不嫌弃我，还给我梳头扎辫子，知足吧。”小小的我并没有听懂奶奶话里的无奈，只知道奶奶高兴，我也高兴。

后来离家上学了，看望奶奶的次数就少了。尤其这几年，有了娃，忙于工作与生活，免不了疏忽了对奶奶的关心。那天她身体不舒服，我买了一个热乎乎的红番薯过去。一生要强的奶奶，无精打采地陷在床里，脸色也不是很好，头发也零散地贴在枕头上。奶奶说已经好几天不洗头了，我听罢，就回去拿了电热扇和洗发露，趁着白天有太阳，给奶奶洗了头。

奶奶已经没有黑头发了，洗完也没有把头发扎起来，继续陷在床里，没一会儿就睡着了。我们其实心里知道，这个冬天，难熬了。可是心中依然抱着一丝希望，希望奶奶可以多吃一口、多在一天，让我们小辈们多一份惦念。我下单了奶奶习惯用的黑色传统发箍，想着下次来，给奶奶好好梳个头。

可是在冬至前几天，奶奶走了，发箍都没来得及戴。奶奶安详地躺在那里，瘦小的身体，包上一层又一层新的衣物。用头绳扎起头发，戴上一个保暖的白帽子，零散的碎头发塞进帽檐。身上撒上鲜花、洒上泪水，所有亲朋回忆起奶奶要强的一生，无不伤心落泪。

此刻，我手中握着这个发箍，望着蔚蓝的天空，心中默想，云啊，给奶奶寄去一个“云”发箍吧，把我的思念也一并寄去吧。

小吹风机里的大舞台

天冷了，我习惯睡前单独洗个头，再洗澡的话，就暖和一些。每次擦干头发拿起吹风机，嗡嗡嗡的声音在耳边响起，听不到周围其他的声音时，我总会沉浸其中，暂时忘却工作与生活的琐碎。

头发吹得半干，儿子冒着个小脑袋过来了。我假装拿着吹风机吹过去，他乐得跳起舞来，吹出来的风像是响起的音乐节奏。我把吹风机收回来，他就停下甩动的胳膊，眼睛亮晶晶的等待着我下一轮逗他玩。

不禁让我回忆起儿时的趣事。那个时候家里没有什么家具，吹风机也没有见过。有一次父亲下班了，骑着自行车回家，车把上的袋子里装着一个小小的吹风机。小小的我拿到吹风机，乐坏了，对着吹风机一个劲儿地唱起歌来，模仿电视机里的女歌手，甩起头发来。

五音不全的我，大人们还是很捧场，还特意拍照留作纪念。照片里，父亲一改往日严肃的样子，满脸笑意地给我伴舞，头上还插着我手工做的小花，母亲坐在一旁使劲儿鼓掌，我身披床单、手捧吹风机，一脸陶醉得仿佛登上了世界舞台。

老话说，身在福中不知福，现在细细想来，淳朴生活中父母的陪伴，才是童年岁月里最值得珍惜的。而那个吹风机承载的，也许不单单是一阵笑声而已，是我的自信、梦想和勇气。现在的我拿着手中的笔，书写着心中所想、怀中所思。

看着眼巴巴等着吹风机游戏的儿子，我笑了，仿佛看到了曾经的我。希望儿子可以和当年的我一样，越来越勇敢、越来越自信，手中的吹风机也许会化身为主持人手中的话筒、画家手中的画笔、音乐家手中的指挥棒等，拥有无限的可能，在未来的舞台上发光发热。

体验派遛娃

周末正是秋高气爽、适合露营的好天气，又遇上亲戚家孩子百日宴，远的和近的亲戚都在这一天聚过来，不少同龄的孩子们虽然一年中难得见几次，但熟络得快，我儿子也喜欢和大哥哥大姐姐们一块玩。

陪儿子午睡以后，醒来翻看家庭群消息，孩子们都在湖边搭帐篷玩，就打算带儿子也过去凑个热闹。可小家伙慢腾腾的，一会儿要换尿布一会儿玩车子，过了好久也没收拾停当，碰上我这急性子，心里就着急得很。

“你快点好不好！”我忍不住催儿子。两岁的儿子也不明白，为什么我这么着急。我絮叨着：“时间差不多了，人家可能会等我们，也可能要结束了，可能太晚会起风，早点出发总归是没错的。”

反观我老公，一副云淡风轻的样子。他说：“赶不上也没事，按自己的节奏来好了。时间早就过去玩玩，如果太晚，就玩别的，重在体验。”我看着他还一个劲儿和儿子吵着玩，就干瞪眼看着他们俩。

好不容易出发，我负责开车，广阔的湖边一下子找不到人。我又开始焦虑了，一会儿掉头，一会儿刹车，反复停车、下车、上车，找了好几回都没找到，越发心急。我老公看不下去了，一直安慰说没事的，慢慢找。

路途中偶遇好几只农户养的小羊，我老公当即拍板停车。虽然没有找到大部队，但老公没有抱怨情绪，反而投入到喂羊中。儿子也学着老公的样子，从旁边废弃的玉米秆子上拽叶子，小小的人儿卖力地拽，再从铁网的小洞里塞进去，小羊“咩咩咩”吃得也欢快极了。

看着他们快乐的样子，我焦虑的心情也缓解了，也变得很快乐。于是便开始给他们各种摆拍，发在家庭群里。大孩子们看到他们在喂羊，也很羡慕，巴不得也过来喂。果然孩子的快乐就这么简单。我也在这一刻，有点理解老公说的“重在体验”。

小羊吃饱了，我心情也好了，随意往前开一开，竟然真的找到了大部队。他们刚要准备收拾回家，看到我们来了，孩子们又继续玩了一会儿。儿子和大孩子们一起挖土、爬上爬下、荡秋千。

老公拉着我加入挖土队伍，玩得不亦乐乎。还不忘和我说：“以后遛娃路上要少点焦虑，多点体验，说不定‘柳暗花明又一村’呢。”

秋风渐起，树荫绵密，一家子乐呵呵地玩着、笑着，与大自然拥抱，身心得到彻底的放松，快意极了！我服气地笑笑说：“是啊，我们娘俩挖土弄脏的衣服裤子，你负责洗，你再感受一把别样的体验！”

父亲的鱼腥草

记得儿时路过的渔船上，有一大把一大把的鱼腥草，夹杂着湖里的墨绿色荇草。这鱼腥草比路边的野草还要不入我们的眼，更不会成为餐桌上的一道菜。鱼腥草，顾名思义，散发着鱼腥味，儿时的这个画面一直记在我脑海里，所以对鱼腥草一直是退避三舍。

从小我的体质就偏弱，尤其怀孕那段时间，夏天热冬天冷，丝毫不敢怠慢，就怕感冒发烧，还没办法吃药。可即便如此，有一次空调吹得厉害了一点，当天晚上脑子就有点晕晕的，第二天起床整个人都变得乏力。查了半天，孕妇能吃的感冒药很少，也不想增加孩子的风险，正发愁呢，老爸一早出门回来了，提着一袋子鱼腥草，进厨房烧起来。

父亲说晚上就看了书，说鱼腥草煮水喝可以缓解感冒的症状，一大早就去菜场找鱼腥草，打听了许久，才觅到这一袋子。我下意识捂着鼻子，挥挥手，完全不想喝。老爸说这是已经晒干的，没味道，掰一掰就可以泡水喝。转身，一杯泡好的鱼腥草水就到了我眼前。

我尝试喝了一口，比想象中的浓浓鱼腥味淡了不少，多喝两口，竟然还有点回甘。为了把感冒的苗头“遏止”在摇篮里，也为了安全度过孕期，连着好几天我每天坚持喝好几杯，神奇的是整个人精神好起来，确实不再头晕乏力了。

自此，鱼腥草成了我们家的“座上宾”，一旦有什么感冒苗头，就来一杯。还给周围邻居也普及了这个好东西，还想出了创意喝法，有泡柠檬的，有放薄荷的，有加蜂蜜的，品出了另外一番滋味。

今年夏天，老爸去菜场找到了新鲜的鱼腥草，做了一道凉拌小菜，拌上香醋、生姜、蒜末，我过去闻，不再觉得那腥味不好闻了，搛起来吃几口，清新极了。

自此以后，鱼腥草全面进入我们的日常生活中，在餐桌上，在杯子里。太多和鱼腥草一样，看似普通，甚至不起眼的微小事物，却往往蕴含着大大的能量。

老妈的“迷宫”需求

母亲节，本来想着给老妈买点什么，可是手机上挑了许久，没有特别觉得中意的，就索性直接问，果然说不缺东西，不要乱花钱。熟知“话术”的我连着好几天每天问一遍，她才慢慢给出“线索”来，从头到尾捋了好久，才把她的需求明白了个大概。

这一圈绕下来，我的脑细胞可少了不少，最后敲定的是给老妈买夏天穿的衣服。正巧要给老妈手机充电，灵光一闪，点开了她的淘宝，果然历史浏览里都是衣服，连款式都有，省得我再去走迷宫、动脑筋，最后还买得不称心了。

我问老妈：“为啥不直接把喜欢的告诉我呢？”老妈笑笑说：“你们小两口有了孩子，正是用钱的时候，买不买什么的都不要紧的。”也是这一次之后，我慢慢去了解她到底喜欢什么，需要什么，不喜欢什么，细细想来，其实不是她绕圈子不告诉我们，实则是我们平常缺少了对她的关心与日常观察。

继穿衣喜好之后，我开始留心我们的饭桌。经过观察，几乎每顿饭都是我们爱吃的，糖醋小排、小酥肉、生菜，哪怕吃鱼，也专门买骨头很少的鱼，片成鱼片。她真的也爱吃吗？好像我很少观察过。作为“厨师长”的她，每日在油盐中忙碌流汗，可是饭桌上似乎没有一道她自己爱吃的菜。

去奶奶家，聊起老妈小时候的趣事。奶奶说，她啊，就喜欢吃螺蛳，吃小黄鱼，以前爷爷拉着网兜去家门口的河里捞，捞的全进她肚子里去了。我如获至宝，原来老妈喜欢吃螺蛳和小黄鱼，这两道菜一年中几乎很少出现在我们的饭桌上。

今年母亲节正好是周末，我起个大早去菜场，采购“战略”物资。到鱼摊上称两斤新鲜的螺蛳，再来两斤新鲜的小黄鱼，心满意足地提回家，偷偷藏在厨房门后。找了理由让老妈出门散步，我就自己忙活起来。没怎么下过厨的我，那叫一个手忙脚乱，故事的最后还是把“厨师长”请回了家。

老妈一看凌乱的厨房，浸泡在水里的螺蛳和小黄鱼，我手机上打开的菜谱，哭笑不得。她接过我手中的铲子，系上围裙，忙碌起来，不过她的嘴角泛着笑意。饭桌上，我兴致勃勃地吃了好多螺蛳和小黄鱼，老妈说：“好吃，以后我经常给你做。”我笑笑说：“好呀好呀。”

虽然最后老妈的“迷宫”需求依旧没有说穿，但是互相体谅、彼此关爱的情感在不断流动、逐渐升温。

小农夫的春耕微体验

离家不远处有一座桥，桥下有一大块空地，社区说想种的可以自己去认领。没别的要求，只要种些菜上去就行，我妈闲不住，也认领了几块。每到周末，我们小夫妻俩负责带孩子，老妈就会让老爸开车一起去田里捣鼓，种些豆子、茄子、南瓜什么的，忙得不亦乐乎。

听天气预报说今天晚点会下小雨，老妈说正好去种点茄子苗，巧的话省得浇水了。一声号令，老爸收拾好锄头、铲子、洗衣液空瓶做成的浇水瓶，把车子的后备箱塞得满满当当。

儿子现在一岁多了，咿咿呀呀也能表达情绪了。看到老爸车子开动，兴奋得不行，小手做出开车的动作。看到车子往前开，但是没带他，立马整个身体就往外窜，像小猴子似的。想着还没下雨，就索性带着他一起去玩玩，就当是接触大自然了。

到了桥上，放眼望去，一大片不同绿色的农田映入眼帘。微风吹来，闷闷的空气里瞬间多了一丝清凉。我家的几块地，需要往里面走几步才到。老妈换上靴子，提上工具就出发了。

儿子刚学会走路，深一脚浅一脚地走在不算平坦的泥土上，这里踩踩那里踩踩，对他来说，放开地与大自然的接触多么有意思。经过的路上，还有别家种的蔬菜斜出来，小家伙这里摸摸，那里碰碰。

这时，雨丝也飘下来了。我拿着伞，给他撑着。哪怕下雨了，也没有浇灭他的兴致，反而更加起劲，非要自己也拿着伞。小小的人儿，撑着大大的伞，认真地在一边看着奶奶挖坑、种苗、埋土、浇水，时不时试探着要上手，白净的手不知道什么时候已经沾上了泥土。

老爸抓着水桶，一边教他怎么倒水，一边告诉他种苗的步骤，小家伙听得入迷。雨下大了，我们回到车上，看着雨滴打在车窗上，哪怕是这样，他依旧这里爬爬，那里摸摸，仿佛下雨是雨滴在和他玩游戏。

开车回家的路上，我看着儿子黑乎乎的手直发愁。老妈说："爱劳动是好事，等你们这一代，肯定都不自己种菜了。"我想了想说："估计是的，直接去菜场买，谁还会花时间花精力来种菜呢。"

我看着怀中的儿子，一脸意犹未尽的模样。今天对他来说也算是小小农夫的春耕微体验了，看他兴奋的样子，恨不得继续冒雨干活呢。也许在钢筋混凝土中待得久了，这简单劳作中的快乐，我们还没有他体会得真切吧。

母亲的瞌睡虫

“起床了，太阳晒屁股了！”母亲哗的一下拉开窗帘，撩起袖管，准备将冷冰冰的手伸进来给我挠痒痒。

“就再睡五分钟，不不，一分钟。”我迷糊着眼睛，下意识钻到暖烘烘的被窝深处。

这是曾经上学时期的日常。父亲早上有早读课，给我们蒸好早饭、煮好粥，就收拾去学校了。母亲总是把喊起床的时间自动提前好几分钟，明明才七点，到母亲口中就是马上要迟到了。喊我起床后，又催促吃早饭，念叨着天气凉了，外套不要随便脱，临走把自己缝的套袖塞在书包放水杯的一侧。

穿过马路，教室里暖洋洋的，睡意就越发上来了。最期待的就是学校中午午休，可以趴着休息休息，攒足精神才能下午好好听课。可如果中午有随堂测验，那下午瞌睡虫就会找上门来。眼皮不自觉得耷拉下来，老师嘴巴不停动着，声音却在耳边越来越远，突然脑袋沉一下，猛然惊醒，揉揉眼睛继续上课。

到了难得的周末，早晨只想睡懒觉。天亮了，任凭母亲剁肉的声音震天响也是听不见的，左翻翻，右翻翻，一觉睡到吃中饭，伸个懒腰，仿佛去掉了一周的困倦。到了饭桌上，母亲还在一旁忙碌，衣服清清爽爽地晾在了阳台上，香甜可口的饭菜也摆放得好好的，屋里屋外的地面也一尘不染。“快起床吃饭了，地里的黄瓜我才种到一半，待会还要去种完。”半天工夫，母亲竟已做了这么多事情。

以为自己不会像母亲这般起早，可自从自己当了母亲之后，这瞌睡虫却悄悄销声匿迹了。家里添了小家伙，从一开始的兴奋、激动，到新手妈妈的无措、纠结。脑海中无时无刻不浮现着小小的人儿，一些小事小细节也足以牵动新手妈妈的心，比如今天吃得多了还是少了，黑白卡练得好不好，常规体检体重达不达标。

更多的是无眠的夜晚。换尿布、喂奶、哄睡、萝卜蹲，一开始不习惯睡不了整觉，整个人疲惫得很。再加上他睡不着就哭，吃不饱也哭，吐奶还哭，我知道哭是他唯一的表达方式，但心总是隐隐疼着。时间长了，习惯了睡梦中醒来看看他，习惯了等天亮的日子，习惯了凌晨抱着他哄睡。

又是一个夜晚，正哄睡着，低头看他长长的睫毛，时而上扬的嘴角，再多的疲惫也被慢慢治愈着。一个不当心没忍住，我打了个大哈欠，他睁开眼睛，亮亮的眼神直直地朝着我看，咧着嘴笑。

曾经年少的我被呵护着，拥有当一个瞌睡虫的幸福。而此刻的我呵护着一个新的生命，虽然没有了瞌睡，但何尝不是另一种传承与幸福呢！

老妈的“抖音生活”

老妈因为腰椎间盘突出，几年前就在家休息，没再去上班了。听起来很轻松，实际上要安排大家的衣食住行，还要解决各种“疑难杂症”，如衣服染上其他颜色了、锅子年代久远有黑斑了、蚊虫消灭不干净等，一点儿也不比上班轻松。

自从我有了孩子，老妈作为带娃主力更劳累了。现在和四五十年前相比，很多带娃的理念和做法变化很大，辅食怎么吃、排气操怎么做、奶喝多少量都不一样，老妈是开明的，深知理念的改变，可是了解的途径少，往往不知所措，一度有点焦虑。

我灵机一动，想可以给老妈下载一个抖音，学习带娃知识。老妈觉得自己年纪大了，不会玩抖音，就一直挥手说“不学不学”。我没有放弃，在家庭群分享辅食表和育儿操的视频，老妈凑过来问是哪里搜到的，这么详细。我说：“神奇的抖音啊。”老妈一脸惊讶，想了想，继续让我教她用抖音了。

说实话，我们有时候低估了长辈们的学习能力。我才教几遍，老妈就已经基本掌握搜索功能了，自己尝试了搜孩子如何练习爬行，一下子跳出来好多视频，老妈一个个刷过来，频频点头，直夸“抖音是个好东西”。

现在好了，给老妈种草了抖音，很多日常问题迎刃而解。“你看，专家们说每次加不同的辅食，要吃两三天‘排敏’。”老妈戴着老花镜，举着手机，有条有理地给我们上课。这个熟悉的场景一直在家里发生着。

有了抖音这个助手，老妈一跃成为带娃的家庭“专家”。养娃过程中遇到的问题，也大多心中有数。有一次娃到了二月龄，睡不踏实，我竖着抱也不是，横着抱也不是。老妈说应该是肠胀气，说完开始做排气操、飞机抱，动作娴熟，几个回合下来小家伙真是不哼唧了。我们都给老妈竖起大拇指。

有了抖音的日子，老妈多了几分活力。老妈的抖音关注了各种分享养娃技巧、生活妙招的账号，还添加了附近的好友，每天有空就刷一刷，给姐妹们的视频点赞，仿佛跟上了时代的脚步，还打开了新世界的大门。

抬起头，老妈正打开抖音练新的广场舞，脸上挂着笑容。时代在变化，我们作为小辈要尽可能让长辈们融入新的生活节奏、学会新的技能，多一点耐心，多一点鼓励，看似是“抖音生活”，其实是乐趣生活。

老妈的愿望清单

难得周末在家悠闲，想找几部电影来看，一个名字叫《愿望清单》的翻拍电影闯入视线。电影讲述的是两位女性捡到一本愿望手册，并逐一去完成的故事，一路繁花似锦，看了原本看不到的风景，见了原本不会遇见的人，进而完成自身的蜕变。比原作两位老爷子个体的描述，更多了对家庭与情感细腻温柔的刻画。

我转头问老妈："如果让你列一个愿望清单，你会想做些什么事情？"老妈穿着围裙，在厨房里忙活，手里切着自家种的丝瓜，想了想说："没什么特别的，你们都好好的就可以了。"

我给老妈嘴里塞了一颗大白兔奶糖，问："如果要具体一点呢？"老妈想了想说："我的愿望很简单：你工作上再进步一点点，小孙子健健康康、快快乐乐，有空去给奶奶买一件短袖，全家人都好好的，就好了。"

我惊呼："你这也叫愿望清单？未免也太简单！"老妈笑了，说："我年轻的时候，也有过很多大愿望，住很大很大的房子，赚很多很多的钱，环游世界，等等。但后来发现很多大愿望往往高不可攀，随着时间流逝就被遗忘了。所以现在，我还是更喜欢一些小愿望。"

认真想了想，老妈说的真是蛮有道理的。曾经的我也是好高骛远，太多太大的愿望实现不了，自己给自己找借口，最后浪费了时间，还心里空落落的。只有给自己列个可实现的愿望清单，看似简单，却也需要用心花费时间和精力才能实现，看似琐碎，当真正实现的时候却能感受到无限的快乐与温情，体会到纯粹的充实和满足。

新的一周开始了，我在笔记本上列出愿望清单：工作上要尽力完成任务要求；生活上要和家人多些交流与陪伴；心态上要不慌不忙、不急不躁，学会给自己心灵放松；身体上要坚持饭后散步，有一个健康的身体。一想到可以将这些质朴且美好的小愿望实现，心中有了一地鸡毛以外的盼头，也有了脚踏实地的收获。

给自己列个愿望清单吧，在生活的点滴中寻找喜悦与美好，用心去体会、用力去感受，你会发现生活是多么温暖与值得。

陪爷爷银行半日游

“您好，请扫码。”银行保安拿着喇叭喊道。我一看，进门的桌子上摆放着不同的二维码和表格，老人们排着队等待查验，没问题了再一个个有序进入银行办业务。

镇上老人们的退休金大多在同一个银行办理，因此每天清晨老人们坐在楼梯上自发排着队，白花花的头发在风中飘飞。爷爷说想让我开车带他去一趟银行，领现金用。我心想领点现金肯定很快的，一个小时肯定能搞定，就答应隔天十点来钟去，这样回来正好吃中饭。

没想到计划赶不上变化。银行门口，很多人排队，就是文章一开始的画面。不少老年人没有智能机，疫情期间，保安就只能一个个用他的机器查验，还要登记各种信息、量体温。就算简单的查看身份证，也要花费好几分钟。

轮到爷爷，他从口袋里掏出袋子，里面还有一个塑料袋。身份证、硬卡包得严严实实，手颤抖着打开。一连串操作下来，取了号，坐着等待叫号。小镇上来来往往的人们很多都互相认识，老人们坐在一起就开始聊天，讲话声自然很大，不过也是习惯了。

等待许久终于轮到了。和奶奶一起搀着爷爷坐到位子上，签字签得不清楚，只能按手印，还是在电子屏幕上按，按确定，看电子摄像头，密码也多输了一位，来回折腾一大圈，也一个钟头过去了，我也一身汗。

我们走时，银行里还有不少老人在等待，手里捏着号码纸，来回盯着显示屏，生怕错过叫号，另一只手里攥着袋子，坐不踏实，坐一会儿，站起来来回看看，又坐下来。

现在很多都是高科技，尤其疫情期间，无码通行都是难事，老人们不太会操作，出行不便，办事更是难上加难。像银行，已经一定程度优化了为老服务、态度贴心，可独自前来的老人们总透着一丝局促。我想，这种时候作为小辈，应该抽时间陪着他们，让他们在较短时间内自如地应对新鲜事物。

回去路上，遇到老邻居老朋友，爷爷开心地挥手打招呼，说:“这是我孙女，领我去银行。”他们都露出羡慕的眼神，爷爷也欣慰极了。我们儿时，他们牵着我们的手去小卖部买好吃的，现在他们老了，是时候轮到我们搀着他们的手去看外面的新时代。

倒计时牌里的温暖

高中三年的时光转瞬即逝，一眨眼早已毕业十来年，学的课本内容、前后座的同学、校门口的零食铺，大多已忘了，但是最后冲刺的那段时光却难以忘怀。

其实高中的主要学习内容集中在高一和高二，到了高三基本就是重复多轮的复习、做题、讲题，在一张又一张模拟试卷中奋笔疾书，为了自己心中的理想，为了给父母一个交代，更是为了给自己一个全新的开始，所有人都奔着这个目标向前努力着。

我高三的班主任是历史老师，是我们很喜欢的老师。虽然对于理科不太懂，但是她总是充满激情地鼓励我们，看到我们学习得筋疲力尽，还会说说笑话，让我们精神精神。当然作为母亲，她看到和她孩子一般大的我们这么没日没夜地学习，也是心疼，所以有时她会和任课老师说在可以的前提下稍微留少一点作业，让我们也能够在紧张的氛围中透透气。她还会脱下高跟鞋，穿上运动鞋，陪着我们每天去操场上跑步，说既可以锻炼身体，还能减压。

印象最深刻的是高考剩下一百天的时候。校门口立了一个大牌子，挂着100天的数字，每天早上都会往后翻一页，少一天。班级黑板上也挂起了小型的倒计时牌子，每天班主任会同样翻页。

日子就这样简单重复地过着，黑板上的数字从三位数变成了两位数，直到一位数。考试前一天，班主任老师给我们上班会课。她手里拿着最后一张1天的倒计时纸卡，压制着自己内心的紧张与激动，和我们说了好久的话，与其说是和学生的对话，更像是与五十多个孩子们的倾诉。她说："高考是在倒计时，但是你们的人生是从零开始的，未来你们会有广阔的空间和选择，不要虚度每一天，说不定以后最怀念的也是这段忙碌充实的时光。"

虽然那时还没踏出高中校园，可是复杂的情绪已涌上心头。班主任老师依次叫每一位同学的名字，大家一个个上台，拿到手中的是和学号对应的倒计时硬纸卡，上面有学生的名字和班主任老师鼓励的话语。这哪里是倒计时牌子，完全是班主任老师沉甸甸的关爱啊。同学们都非常感动，面对第二天高考这一没有硝烟的战场，心中又多了几分士气。

后来，我以不错的成绩去了北京读书，那个倒计时牌子我一直收藏着。毕业后，又经历了几次搬家，牌子才不见了，不过那鼓励的话语一直印刻在我的脑海里，也成为我工作、成长道路上的精神慰藉，成为我前行的力量。

那年高考的倒计时牌，藏着老师最温暖的爱。

我家的“金钟罩”

母亲今年五十多岁了，幼时缺衣少食，小小年纪就帮着养猪放牛干农活。家里只供得起一个人，作为姐姐的她上了小学就没再上学了。可是聪慧勤勉的品质伴着她，体现在为人处世中，成了我家名副其实的“金钟罩”。

为小辈着想，撑起独自带娃的任务。我刚生娃之后不久，疫情来袭，就遇到了难事。我感冒一个多礼拜，孩子他爸隔离在上海回不来。母亲就一个人担起了晚上带娃的任务，喂奶、换尿布、哄睡、洗奶瓶，一晚上几乎没有好好休息，肉眼可见的疲惫，白发又多了几丝。可即便如此，她还是心疼地让我多休息，说自己熬得住。

做家人后盾，打理一方蔬菜园地。疫情期间，很多人家吃不上蔬菜，母亲的一片菜地真是派上了大用场。平日里的辛勤种菜，换来需要时的满满采摘，那几日基本上一日三餐都有自家种的新鲜蔬菜，蚕豆、辣椒、生菜，有余的就给邻居们。为此，母亲总要跑去菜地摘菜，她的裤脚管总会沾上泥土，弄得斑斑点点。

挑战自我，学会生活新技能。作为驾校学员中年纪最大的一位，老妈下决心学会了开车，而且竟然每次考试都一次过，虽然考试前很紧张，但她用自己的笨办法努力着。尤其是多年不碰电脑的她，为了顺利通过科目一，硬是打开电脑，从开机关机学起，一有空就去刷题，刷到次次合格为止，让我和父亲都刮目相看。

情商颇高，是家中的“门面担当”。自家生活上，母亲把家里的事情安排得井井有条，无论大事小事，父亲都习惯和母亲商量，母亲会站在对方的角度或赞同或劝诫，因此每次商量总是以乐呵的气氛结尾。在对外的为人处世上，母亲会把事情想得周到、做得妥帖，邻里邻居、亲戚朋友关系都相处得很好，互相有急事都能有个照应。

父亲常跟我说：“虽然你母亲文化水平没有你们高，但是在做人处世方面，我们都要向她学习。”一旁的母亲掩着嘴笑。母亲节到了，祝我家的“金钟罩”节日快乐！

父亲节爱心“套餐”

每逢情人节、圣诞节，店家都会推出相应的专属套餐，可到了父亲节却是一片安静。我想也许因为传统印象中父爱大多是沉默的、严肃的，很多时候我们互相缺少对爱的表达。父亲是教师，和那个年代大多数父亲一样，话不多、严肃认真。父亲节快到了，忽然灵机一动，就来一个爱心“套餐”吧。

开胃菜是应季衣服一套。父亲从不在意自己的穿着，只是舒服就好，鞋子、皮带什么的也不考究。家里相册中的父亲大多穿相似风格的衣服，色调也大多是深灰、黑，再加上白头发，显得整个人比他实际年纪还要大上几岁。这回挑了运动风的套装和运动鞋，父亲嘴巴上说着浪费钱，可穿着对着镜子照照，整个人精神不少，点头说着不错。

汤是母亲做的小蛋糕。老爸好养生，在吃的方面比较讲究朴素，外头买的蛋糕、面包等，他都不太爱吃。母亲想了想，还是自己做吧。于是她花了两个钟头鼓捣，一边参考教学视频，一边上手，面粉弄得满手都是。做好蛋糕坯，又打发奶油，再用新鲜水果点缀，虽然模样比不上店里卖的精致，但是心意在，吃着也健康。我蘸了一点奶油抹到父亲脸上，往日严肃的父亲乐呵呵笑着。

主菜是一家人坐在一起谈天说地。夏日炎炎，我们把饭桌摆到院子里，吹着带有凉意的小风，来一筷子自家种的蔬菜，耳边鸟儿轻轻叫唤着，桌上你一句我一句聊聊近况，惬意极了。偶尔有邻居走过，看到其乐融融的场面，说几句羡慕父亲的话语，父亲挠挠头，害羞地摆摆手，嘴角忍不住地上扬。

甜品是小孙子甜甜的微笑。自从有了小孙子，父亲一改平日里严肃的面孔，多了满满的笑意，说话的语调变得柔和，表达爱的方式也有了改变，家中气氛活跃了不少。娃四个月多点，正好在咿咿呀呀的有趣时候，父亲一逗他，他就对着父亲咧开嘴，一对小眼睛笑得成了一条弯弯的缝，看得人心里美滋滋的。

套餐的最后，是一杯父亲最爱的绿茶。父亲爱好不多，除了看书练字，最大的爱好就是品茶。偷瞄了父亲的购物车，果然有钟爱却还没舍得购入的茶叶。灵机一动，复制粘贴，包裹在父亲节前几天顺利来到手中。饭后，来上一壶龙井新茶，翠绿的茶叶在玻璃杯中轻盈翻飞，好看极了。父亲细细品来，一脸满足。

愉快的一天结束了，父亲节“套餐”获得了圆满成功，接下来的每一天我们要再接再厉，把这爱心“套餐”融入日常生活中的点点滴滴，多多表达爱，多多收获爱。

爱的蚊子块

春末夏至，阳光明媚，鸟儿叽喳，暖意洋洋。没过几天干燥舒适的日子，空气中就满是闷热，连续几天高温倒像是到酷暑了，更别提没有雨的日子了。

娃出生三个月了，是个磨人的小家伙。夜里起来个五六次是常事，哭一阵儿，抱一阵儿，哄一阵儿，抱的人和怀中的娃都一身的汗。换上单薄的睡衣，刚想着眯上个一会儿，蚊子来了。嗡嗡嗡地在耳边时不时转悠，搅得更睡不好觉了。

半夜醒来一看，娃眼皮上红红的。定睛一看，肿起来了，是蚊子叮的。小小的人儿，还不知道什么是蚊子，被叮的时候也没哭，也不会说，指甲抓的划痕深一道浅一道的，看着怪让人心疼。小心翼翼打开手机灯，一边怕惊扰娃的美梦，一边举着蚊子拍四处找“罪魁祸首”，可惜无果。

记得儿时，家里没有空调，也没有蚊帐。大夏天，母亲拿着蒲扇来回给我扇，睡之前把所有房间的蚊子都找一遍。有时睡醒，眼睛上还是会被咬出一个蚊子块，红红的、胀胀的，母亲总是很自责。那时的我还不能体会母亲的心情，只觉得眼睛肿得没办法睁开，有点难受。

长大了，有时还是会有“漏网之鱼”。每次被蚊子弄得睡不着，就喊一声“妈妈”。神奇的是，不管多晚，睡得多沉，母亲总是立马应答，穿着睡衣过来拍蚊子。有时蚊子在天花板上，母亲就小心翼翼搬个凳子，站上去，踮起脚尖，拿着抹布使劲扔过去。晚上来来回回有几次，母亲也从不抱怨，直到把蚊子都消灭了才离开。

自打自己有了娃，娃被蚊子咬这件小事，就足以让我心疼上许久。立马把蚊帐翻出来，洗一洗，透透风，装在床上，才终于呼了一口气，总算不用担心娃被蚊子咬了。看着他睡梦中笑吟吟的样子，很治愈。

孩子成长道路上，会有数不清的“蚊子”。给予孩子无私的疼爱、一生的惦记，真的只有为人父、为人母之后才会有真切地体察。作为父母，虽然不能陪伴孩子一辈子，但走一路、爱一路，尽自己的所能，给孩子一个清静的夜晚，这是一个多么简单却又充满爱意的愿望啊。

穿旗袍的母亲

清晨时分，晨曦微露，远处的鸟儿轻拍翅膀，似是出巢觅食去了。卧室的玻璃窗上，有昨晚落雨的痕迹，秋意更浓了几分。两边的路灯杆子上，挂着飘飞的五星红旗。

日子，过得真是快。她趁着叠被子的工夫，瞄一眼桌上的日历本。一眨眼，这已经是她在上海过的第二个国庆了，心里不禁一动。可想起母亲电话里的念叨“省点火车票钱！”只得又往后翻了几页，用红笔重重圈出过年回家的日子。

一日，小区有文艺表演，她也去凑个热闹。大门口，大叔们搬着花盆，正摆着一幅庆祝国庆的画。进门中央的一棵树上，挂着十来条许愿的红丝带。有老人早早坐在了观众席的位子，一旁孩子们手里挥舞着国旗，跑着圈玩。

参加的表演者无一不是社区的居民，奶声奶气报幕的孩子、人美歌甜的姑娘、挥动球拍的柔力球队伍，当然少不了扮上装、咿呀唱曲的叔叔阿姨们。再加上热热闹闹的抽奖环节，台上台下都参与得不亦乐乎。

忽而一阵悠扬舒缓的音乐声在耳边响起，一场旗袍表演吸引了大家的目光。她抬起头，一群上了年纪的阿姨们，伴着典雅的纯音乐身着旗袍款款而来，别有韵味地轻摇着美人画扇，不时变换着队形，不变的是脸上绽放的自信笑容。

她看得入了神，全然挣脱开这原本喧闹的四周。

母亲要是穿上这旗袍，该有多美啊。记忆中，她的母亲，最远只去到过镇上。在皮革厂里待了半辈子，还是闲不住，养了好几只鸡在棚子里。常年穿着布衣，在家里忙活收拾，手心生出了厚厚的老茧。

听长辈说，母亲原先是村里数一数二水灵的姑娘，几十里外村的媒人都寻来做媒。原本以为嫁了个好人家，可自从她父亲离家，母亲就又当爹又当妈，身上落下了不少毛病。

旗袍秀结束了，四周热烈的鼓掌声把她从回忆中拉了回来。

巧了，有一位旗袍队的阿姨竟就住在她的对门。意外的是，这位阿姨当下的样子与平日里相差甚远，穿上旗袍的她仿佛长了一对雅致的翅膀，将她从繁杂的琐事中脱离出来。

她打听了下买旗袍的店，心里暗暗记下。她曾经路过那里，知道店里东西不便宜。因此国庆七天，她找了两份兼职，再加上在图书馆勤工俭学，每天省吃俭用，经常一个包子就着家里带的咸菜就对付了一顿饭，终于凑齐了一沓纸币。

过年的前一天，已是寒风劲吹的时节，她郑重地推开那扇心心念念的店门。

她小心地摸了摸挂着的旗袍，丝滑得能从手指间滑过。店家是一位戴银框眼镜的老大爷，问身高体重。她稍微犹疑了下，算起来已经好久没好好抱过母亲了，只得拜托一位身形与母亲类似的阿姨，试穿了一下。

终于坐上回家的火车，出发前，她把旗袍折得好好的，放在随身携带的袋子里，生怕放在行李箱里被压皱。回到家第一件事情，就是小心翼翼地放在母亲的床上。

她悄悄捂住母亲的眼睛，把母亲带到屋里，再松开手。只见母亲眼睛一亮，想伸手摸一摸，又停在了半空中，转身去厨房，抹一把挂在水龙头上的丝袜兜里的肥皂，冲了好一会儿，再把手往毛巾上擦了擦，才轻轻摸了下酒红色的盘扣。

她帮着母亲把旗袍穿上，肚子那里有些凸出，拉链也勉强能拉上。母亲像个十八岁的女孩子一般，羞涩新奇地这里摸摸那里摸摸，对着家里那面有裂缝的镜子左照照右照照。

可母亲一听价钱，就脸色一变，手边抖动边指着她，怪她乱花钱，说她怎么不懂得过日子。旋即把旗袍脱下、塞到她怀里，叫着让她去退掉。她愣住了，眼泪在她的眼眶里打着转。她放下旗袍，一口气跑到家中院子树下，对着山边的夕阳，头微微仰起。

自此三年，那件旗袍，她再没见过，母亲也再没提过。

日子还是照常过着。

她要结婚了，婚礼前一天她挽着他，去火车站接母亲。想着给母亲买新衣服，可又怕被说，就托朋友捎了千把块钱回去。

不出意外，母亲依旧穿着布衣出现在出口，拎着一袋子土鸡蛋。他接过行李和鸡蛋，喊了声娘。母亲卸去一路的疲惫，眼睛亮了，憨憨地笑了。

婚礼前，她忙着穿衣服、化妆，突然不见母亲的影子，有些担心。一转身，是熟悉的身影。母亲竟换上了那年她买的旗袍，努力地憋着气，两只手不知所措地搅在一起。

有一个环节是父母代表讲话，母亲在台下就是不肯上去讲。她在新郎耳边耳语几句，新郎拖着母亲上台了，她把话筒递过来，用眼神鼓励母亲。

也许是舞台上灯光强烈，照得睁不开眼睛，母亲顿了顿，揉了揉眼睛，用不太标准的普通话对着新郎说了一句，“你要对我娃好”。随后拉着两人的手，握在一起。

临走时，母亲换上了来时的布衣，在口袋里掏了很久，掏出一个布包，塞在她手里。她一打开，泪水就溢上了眼眶。母亲把她这几年捎回家的钱，叠得整整齐齐，又给了她。

火车要开了，母亲走了，虽一身布衣，却如旗袍那般美丽。

被父亲“压缩”的高考

父亲是一名教师，站在三尺讲台好几十年，作为教师子女的我，自然肩负着好好学习、天天向上的使命感，考一个好的初中、好的高中、好的大学。

我的小学、中学都是在当地学校读的，整体学习成绩不错，尤其到了中学，正好老爸也在隔壁班级教书，任课老师也比较关照，所以成绩一直比较稳定，后来以全校第一名的成绩考进了当地最好的高中。

可是高中的竞争压力和之前截然不同，好几门功课内容的加深、全新学习环境的改变、身边同学们强有力的竞争，无一不让我这个小镇出来的学生倍感压力。好几次考试排名落后到几百名以外，身心压力都很大。从小好强的我不甘认输，每天晚自习回家依旧做很多课外习题，整理错题本、难题本，花时间、花精力，终于在高一上半年结束的时候成绩回升了一些，但依旧是百名之外。

父亲看到我着急，其实心里也急，怕我身体吃不消。父亲的担心是对的，一天晚上，我莫名其妙发烧了，一下子烧到40度，父母连夜从镇上赶过来，看着烧得迷迷糊糊的我，一点不敢耽误，立刻去路上拦出租车。

凌晨的马路上，行人和车辆都很少，听母亲说父亲一个人在马路上招手招了好久，急得快哭出来了。终于去了医院，挂上水，烧慢慢退下来，人也慢慢清醒过来。父亲说不能这样下去，让我好好调整下状态，不然身体垮了就没有革命的本钱了。

父亲和母亲商量了下，决定在学校附近租房。其实那个时候家里条件一般，听母亲说为了和房东压价钱，一向抹不开面子的父亲多次央求，只是因为这个房子距学校不到五十米，只为我有一个良好的学习生活环境。

父亲和班主任商量后，和我说，以后晚自习就不去上了，自己在家做题看书，有的学科实在提不上去分数，就放一放，有的放矢地把效率提上去，把自己有效学习的时间压缩压缩。父亲还说，要找到自己擅长的学科，把时间精力压缩集中过去，分班以后肯定会有好的结果的。

当时我是不认可的，因为高一打基础，很多功课一旦放手，排名会更加靠后，小小的自尊心接受不了从第一名落后到后排军的打击。父亲告诉我，有的路你还没走过，人生中很多时候眼光要长远，更要相信自己。

老师也找我谈话，告诉我可以为分班以后的文理科的选择做一个思考，如果确定读文科，那精力跟不上的时候，理科可以适当放一放。听老师这么一说，我是真的放下心来，开始认真思考并决定分班后选择文科，重新捡起课外读本，业余时间沉浸其中，休息得也好了，整个人神清气爽，反倒不再那么焦虑。也有余力再攻一攻理科，那段时间成绩也开始慢慢回升，自信也回来了。

到了高二果然分班，我坚定选择了文科，继续发挥文科方面的优势，同时把理科慢慢巩固，终于排名从百名外，到了百名内、五十名内，高考模拟考有几次考进年级前十，可把父亲高兴坏了，但是他表面上依旧是说要继续努力的严肃样子。

而我回想起父亲曾经语重心长的话语，还真的感谢父亲，面对我的成绩波动，总是一脸平和地帮我出主意、想对策，哪怕现在工作中遇到很多挑战和困难，我也会牢记父亲的教诲，有急有缓，眼光长远，才可以把挑战当成战场，赢得一场又一场胜利。

第二辑　守灯人

繁花一梦

午休的时候，同事来一句："最近《繁花》很火，超好看，你们看了吗？"电视剧是没有时间看的，我随手刷了刷短视频，果然热度很高，看了几个短视频，第一印象是连个小片段都像是精致唯美的电影画面，再一个就是剧中演员讲沪语，腔调拿捏得很好。

记得小时候，除了看别人花钱点播的周杰伦的MV、《流星花园》，最经常看的就是上海台了。有《红茶坊》《老娘舅》这些情景喜剧，也有《智力大冲浪》《36.7℃》《欢乐蹦蹦跳》这些综艺，对其中的演员和主持人都很熟悉，如眼镜哥哥、月亮姐姐、老娘舅、阿德等。和同龄的朋友们每每聊起，总会有不少聊头。

后来各个省份的电视节目多起来，电视频道的选择也就多了。再后来网络电视兴起，各类综艺也多起来，电视机自带的频道很少看了。不过像爷爷奶奶辈，不太会调网络电视，还是喜欢看新闻、看戏曲、看《老娘舅》。哪怕情节再熟悉，甚至知道这个人物下一句话说什么，却还是津津乐道。

《繁花》里有不少眼熟的明星、网红出演，阿庆、美娟也是《老娘舅》中的老面孔。看到他们能瞬间联想到以前的情景喜剧的台词，如"超市是你家，东西随便拿""珍珠奶茶随便喝"等。曾经在剧中滑稽搞笑的中青年阿庆，也变得不再年轻，变成了老年阿庆。

同事又接着问了一句:“看到游本昌了吗? ”我说:“那是谁? ”同事告诉我是济公呀,《繁花》中饰演的是爷叔。我才恍然大悟。我印象中他饰演的济公一直是那个鞋儿破、帽儿破的样子,《繁花》中饰演爷叔时,已是九十高龄,幽默、机智,年轻时的面相还在,我愣是没认出来。济公是衣衫褴褛,爷叔是精致西装,无论外在如何,无一不透着大智慧、大格局。

忽然就怀念起以前的电视剧等作品来。可能是自己也上了年纪,对新事物、新人物接受度低了,总觉得以前拍的作品更经典、更好看,哪怕时间过去许久,还能说出其中的角色、情节、台词,还有主题曲。每到寒假、暑假,电视上会一直循环播放,总觉得角色的扮演者也一直停留在那个年代,他们永远年轻、永远鲜活,留在剧中,讲述剧中的故事。

平时关注娱乐新闻少,真真假假、亦真亦假,挺消耗脑细胞。每回有重大事项,从朋友圈中就可以知晓。那些年曾经热门过的人、曾经以为一直当红的人陆续离开舞台中央甚至离开人世,不免感叹时光易逝,无论过往是光鲜还是狼狈,时间对每个人都是平等的。

很喜欢《繁花》里面的台词,如“有人乘风而起,有人半日归零。”“今天的太阳,晒不到明天的衣裳的,时间,时间决定了一切。”我猜想《繁花》一定会成为新的经典,透过它,可以看到一个时代演进的缩影、一群人物起伏的人生,就仿佛和剧中角色一同回到那个年代,做了一场绝美的梦。

琐碎的幸福

喜欢上班路上听听歌，歌里唱道："每个早晨七点半就自然醒，风铃响起又是一天云很轻，晒好的衣服味道很安心，一切都是柔软又宁静。"等红灯的时候，望窗外，路人排着队买鸡蛋灌饼，白烟袅袅，摊主熟练地加烤肠，简单的画面，但是伴着音乐，心中就会升起幸福感。是啊，有些简单的幸福，往往就藏在日常的琐碎里、藏在平凡的生活里。

近几年，每天早晨父亲都要重复一串事情。五点半起床，把早餐做好，把鸡蛋煮好、剥掉蛋壳，再给我们的小米粥里"对症下药"地放上几样坚果，有的是防脱发的，有的是有助于睡眠的。再到学校上班，天天如此。晚上有延时课，有时遇到刮风下雨，放学的路上容易堵车，常常是六点多饿着肚子回家。我儿子一听到门口有动静，就知道爷爷回家了，就会飞奔着过去拥抱，父亲的疲惫就少了很多。

母亲每天更是安排得满满当当的。工作日帮我们带孩子，陪玩陪闹。周末去看望爷爷奶奶，帮他们测测血压，做中、晚饭。乡下还有地，抽空还得去播种、施肥、采摘。她常念叨，不知道给我们买什么菜、做什么菜吃，也不知道菜是咸了还是淡了。可唠叨归唠叨，她依旧会准备好一周的食材，给爷爷奶奶备好口感软糯的红烧肉。有空了，晚上还会给我们做纯手工蒸糕，香喷喷的。

每次我们一有空，就一起去看爷爷奶奶。他们腿脚不方便，住在车库里，一间睡觉，一间做饭，附近都是老邻居、老朋友，天气好的时候坐在一起聊聊天、晒晒太阳，时间也过得很快。每次我们去，会买上点蛋挞、奶茶，给他们换换口味、尝尝鲜。回想一天，也没有做什么很重要的事，甚至连说的话都好像是说过的。即便如此，还是觉得非常安心与幸福。

我结婚生娃后，日子更是被琐碎包围。收拾玩具、买尿布奶粉、整理早上来不及整理的房间。晚上基本是陪孩子，出去散散步，或者读读绘本，然后又是一番“打仗”，给孩子洗澡、换睡袋。周末也是围着孩子转，参加户外活动、去商场玩滑滑梯等，一天连着一天转，周而复始。虽然有时身体会疲惫，但我心里清楚，被琐碎包裹的我们，获得的快乐与幸福却是无限的。

我喜欢把日子的琐碎，一一记录下来，每每回看，都觉得这琐碎中蕴含着点滴幸福，看似平凡平淡的生活，也另有一番共同成长的喜悦，不在意别人的生活，把自己的生活过好。因为有时你所认为的琐碎，正是别人眼里真切的幸福。

岁月荏苒忆固话

“丁零零，丁零零……”圆桌上的固定电话来电铃声响起。儿子停下手里正在鼓捣的挖掘机，大声喊道：“太太、太太，电话、电话。”一接起，果然是奶奶来电。也没有什么特别的事情，奶奶问问“吃饭了吗？下班了吗？”每次我还来不及说别的，电话那头就猛的挂了。我笑着对儿子摆摆手，心想奶奶今天状态肯定很不错，挂电话的力道挺大。

想起多年以前，市面上还没有普及小灵通、手机，亲戚朋友都靠着固定电话联系。家里有一本小本子，上面写着所有亲戚的固定电话号码，印象中电话簿还是按姓氏笔画排的，至亲的都是紧挨着，很方便翻找。每次毕业，就让同学们在同学录上写家里固定电话号码，然后再一笔一画誊写在号码簿上。这巴掌大的号码簿像是多珍贵的宝贝一样，被珍藏在书柜上。

毕业以后，除了几个要好的同学，其实很少打电话联系。记得有一次，我心血来潮，尝试联系一位小学的女同学。接通以后，对面的电话声背景嘈杂，很陌生的感觉，说了两句话就不知道再说些什么，仿佛彼此共同的回忆在毕业那刻打上了封条。后来搬家几回，渐渐有了小灵通、手机，电话簿用得频率越来越低了。有一天，终于找不到了，一些联系方式也丢了。最后只剩了一张毕业照，连名字也渐渐不记得了。每个人在各自的道路上走着，很少有交集。

习惯了“一部手机走天下”，那么多手机号记得住的没几个，可有两个固定电话号码我一直记得。一个是自家的。我们给奶奶去营业厅配了一个老人机，本来搬家以后，想把固定电话线拔了，反正大家都有手机，联系起来很方便。但是奶奶还是习惯打固定电话，也不用拨区号，号码位数也少，记得住，手机号太长，她记不住。所以最后还是把固定电话机留着，每天固定时间响起，也是一种安心。

再一个是外婆的。每次父亲想外婆了，就会连着打两个电话过去。一开始我不明白，父亲解释说生怕外婆走得急。第一个电话是为了告诉外婆，有来电，她可以慢慢扶着拐杖起身、往电话机那边走，等第二个电话响起，外婆差不多走到了，直接接起来。后来外婆耳朵不灵了，听不清楚讲话声音，有一回我打过去，扯着嗓子聊天，聊半天，她还以为是她的老朋友。老朋友都是这么找她的。

这些年，过了一个严冬又一个严冬，外婆的老朋友们一个个走了，外婆少了很多讲话的人，常一个人拄着拐杖，坐在藤椅上眯着眼，看着像是睡着，但一有动静或者电话响起她就睁开眼。这个冬天，外婆没熬住，走了，这个固定电话没人用了。听家里人说要把这个电话拆了，以后这个电话号码就再也打不通了，也不会再连续响起两长串铃声了。

明知道时间在飞速流逝，每一代人都终将老去，我们也不例外。只是不免有些怀念过去，怀念那个淳朴简单的年代，怀念那一串串记在心头的电话号码，怀念曾经在电话那头苍老又熟悉的声音。

“青春班”的故事

不知何时起，耳机里曾经的新歌，变成了一首首经典老歌。听到新生代歌手的歌曲，总觉得没有以前的歌曲来得耐听、来得有味道。平平仄仄的韵脚，伴着随心而动的律动，在脑海中描绘出一幅门前桥下、笔下纸上、林间洲头情愫暗生的纯美画面，也许欢喜的不单单是老歌，更多的是欢喜哼着老歌走过的青春吧。每个人都曾经有过青春，却不是每个人都曾热烈拥抱过这一段不长不短的时光。

夜深了，正青春的男男女女是不愿意早早说再见的。记得那时，背着帆布包，在操场上成群结队，在月光下唱歌、聊天。在流星划过的夜晚，席地而坐，许下一个又一个愿望。也有抱着一摞摞书，在图书馆绞尽脑汁复习到深夜的时刻。人就是这样，每每回忆起往事，总会不自觉美化，不知道美化的是那段时光，还是那段时光里的自己。

可一眨眼，青春好像才刚刚开始，就立刻和我挥手作别。大学毕业已经是二十出头，工作几年，仿佛自己一直是周围人中年纪最轻的，是别人口中那个“90后”的小姑娘。再过几年，尤其是过了二十五岁，曾经喜欢报虚岁，显得自己是个大人，却开始习惯报周岁。看着“00后”的闪亮登场，我深刻理解了“不想长大”的无力感。

自从有了孩子，别说青春无价，连睡眠都变得无价。曾经自由自在的青春岁月，停留在了老歌里。现在每到晚上，和孩子一起读绘本、讲故事，哄他入睡。借着夜色，复盘一会儿今日所思所见所感，不知道什么时候就困得睡过去了。晨光透过帘子，一睁眼，又是工作的一天，周而复始，乐此不疲。

出远门也很少，要出去也是铁定带着孩子一起出去溜达。这一回要去常州参加一个为期两天的会议，算是近两年第一回出差，先坐四十多分钟高铁，再打车去往会议现场，一眨眼就到了几百公里外的常州。心里是有点矛盾的，陪不了孩子睡觉了，醒来没有嫩嘟嘟的笑脸，有点舍不得，可又有点偷着乐，终于可以不用半夜醒过来换尿布了。

我这凡夫俗子，一有对比，心态就变化了。酒店门口都是参会签到的人，平均年纪都在五六十岁，忽然觉得自己又“青春”了，不自觉对着旁边的镜子照一照。我原本对这场会议期待值不高，老年大学年度工作会议，看着会议名称，想着无非都是校长们、老领导们、老朋友之间的寒暄客套，没想到，为期两天的会议带给我的思想冲击远比想象得要深远。

第一天主要是会议，领导讲话、优秀单位的报告等。还好全天都是在酒店里，少了来回通勤的疲劳。从下午一点多一直开到晚上六点多结束，连续好几个小时，校长们大多上了年纪，戴着老花眼镜、认真听着讲话。没有人长时间离席，他们一手喝着保温杯里自带的茶水，一边拍讲话的PPT，生怕错过重要信息。印象最深的，是一位操着一口本土口音汇报的校长，虽然我们听不太清楚他的普通话，但他充满力量的手势和热切激昂的表达，清晰地传达出责任感，依旧赢得了在场所有人鼓励的掌声。

他们不再青春，可仍然没有“躺平”。会议间歇，他们握手交谈，他们点头记录，他们请教汇报材料，明明是快要退休或者说已经退休的年纪，却能在他们身上看到老一辈积极向上、学到老活到老的精神。坐在我旁边的一位校长说自己的孙子辈，一天到晚刷手机，还不如他这老头子每天活得精彩。

颁奖环节，礼仪不是年轻靓丽的女性，而是身着大红棉旗袍的中老年女士们。她们画着淡淡的素颜妆，没有刻意掩盖眼角的细纹。她们戴着白手套，举起奖牌，脚踩小高跟，一位接一位上台，腰背挺得笔直。大铜牌其实算不得轻，她们举起放下，显得轻盈又神态自若。站在颁奖领导们的身后，浅浅微笑，倒是另外一番风景。虽然我算是整个会场比较年轻的，但疲于细碎生活、烦琐工作，再加上白头发也多了起来，此刻她们远比我鲜活，或者说比我更拥有积极向上的心态，看不出岁月的疲惫。她们像优雅的天鹅，在湖中泛起一层又一层涟漪，很难想象三十多年后的我能否保持这样的状态，无论是精神上，还是生理上。

第二天是参观常州老年大学。弹琴、唱歌、做手工、朗诵，退休后的大爷大妈们在老年大学，总能找到和自己的兴趣爱好匹配的课程。我们轻轻推开教室门，年轻老师在上面讲课，布置回家作业，老年学员们成了学生，戴着老花眼镜，一笔一笔记录好，仿佛回归到学生时代。如果说孩提时代的兴趣爱好，是为了应试，那等老了，没有了学业的压力，纯粹为了追求爱好而付出时间、精力，这样单纯的爱好，我是羡慕的。

最令我眼前一亮的，莫过于一场“青春班”带来的音乐会。原本以为虽说是音乐会，肯定多半是唱戏、传统乐器表演，没想到看着看着，我竟忍不住举起相机，记录下来。音乐会以一位刚刚步入老年大学的学员的心路历程为主线，穿插老年学员们学习成果的展示。有的是穿着亮丽的纯色跳舞裙，跳着时兴的舞步。有的是画着年轻的妆容，戴着鸭舌帽，系着红领带，唱着《我还是从前那个少年》。有的是穿着皮夹克，在舞台上打鼓、吹萨克斯。舞台绚烂的烟火映衬着的一张张不再年轻的脸庞，依旧散发青春的光芒与魅力。

离开校园时，冬日暖阳下，一位老教师对着校园凉亭在创作油画。一支笔、一个人、一处亭、一抹色，简单、质朴，不加雕饰。温暖的光静静洒在他的肩膀上，洒在他的白发上，洒在他的皱纹上，真是一片岁月静好。这位老教师说他的学生和他画得一样好。在这里全新出发，又何尝不是另一个青春的起点呢。

我闭上眼，畅想着几十年后的自己，会拥有什么色彩的别样青春。睁开眼，对时间、对岁月有了新的理解和感悟，今天正是我最年轻的一天，多一些对当下的珍惜与把握，少一些对老去的焦虑与伤怀。他们、我们都正青春，还将讲述一个又一个“青春班”的故事。

像一棵树

“以后要考什么学校呀？去哪里读书呀？”记得很小的时候，家长们经常把这个问题挂在嘴边。然后用期待的眼神，盼着我们嘴巴里说“清华、北大”，就一脸欣慰地感叹“这孩子有志向”。如果我们说“不读书，开挖掘机”，就肯定会被贴上不上进的标签。

等过了学业这道门槛，又会迎接新的问题。“在哪里工作呀？工资多少啊？找对象了吗？生孩子了吗？生二胎了吗？”就好像回答好这几个问题，就可以走上人生巅峰。回答得不应景，势必又迎来一堆来自道德高处的“教诲”。

当我一路走来，尤其有了孩子以后，再回过头想，除了分数、工资这种量化的指标，应该还有关于个人成长、为人处世、情感状态等的交流。因此每次过年，有小孩子来我家，我不会特意问成绩和分数，聊聊生活、学习趣事，互相分享小小的烦恼和对事情的见解，更多元、更开放、更自由。

如果说我对自己孩子有什么期望的话，那么我希望他像一棵树，迎着风霜雨雪自由成长。也许这个过程会经历很多挫折、困难，会感受到不同家庭文化的冲击，随着时间的流逝，他不一定很高，也不一定很茂密，但他正直、独立、向阳而生。

身边很多朋友有矛盾的心态。一边是孩子小小年纪就开始各种

“鸡娃”。英语培训班、小主持人训练等，一年投入好几万。一边是担心孩子压力过大，心理产生问题。说实话，我也会焦虑，也会被动摇，但每每对孩子有更多要求的时候，就提醒自己不要忘了初衷。

他出生的那一刻，小小的他依偎在身边，心中哪有什么希望他成功、杰出的想法，唯有健康、快乐这最简单、最质朴的愿望。可伴随着孩子长大，也有了越来越多的期待，每当期待落空，作为父母心里总免不了失落。也许嘴巴上不说，但家庭氛围肉眼可见的不轻松，孩子承受的心理压力就更大了。

记得有一位母亲带着孩子来办公室办证件，孩子因为出生的时候大脑缺氧，只能日复一日接受康复训练。她努力地让孩子控制自己不“闹腾”、不尖叫，她细声细语地说着“抱歉”和“感谢”，即便如此，她还是把孩子收拾得很好，用最大的温柔无限包容着他。

她说：“没有其他愿望，只要孩子能健健康康的，我做什么都值得。”

有这样的母亲，我相信孩子的康复成长之路会多不少温柔与信心。平凡又普通的她们、我们，又何尝不是一棵树，坚定、向上，让爱灌溉着身边的小树呢。

我看着正在玩挖掘机的孩子，我问他以后的梦想是什么，他似懂非懂地说开履带式挖掘机。我笑了，梦想不就是坚持最热爱的东西嘛。那就开呗。

给自己写一封信

时光飞逝，岁月如梭，一晃眼一年的时光就从指缝间流走了。回顾这一年，有所得、有所失，品百味、历百态，看着年初设定的目标，有一一完成的喜悦，也有尚未实现的遗憾。此刻，望着手中的白纸，一想到全新的365天已充值完毕，仿佛心中就有了无限的可能与希望，不禁提笔，给2024年的自己写一封信。

新的一年，多一些“松弛感”。“泰山崩于前而色不变、麋鹿兴于左而目不瞬”，这种无论面对何种境地的淡然与松弛，是难能可贵的。过去的自己依旧是过于紧绷、缺少自信，光忙着快节奏地解决问题，没能直面问题根源，新的一年要多一点思考，多一些淡定，减少精神内耗，学会以柔克刚、举重若轻，以自己的节奏在既定的道路上前行。

新的一年，多一些“责任感”。“树欲静而风不止，子欲养而亲不待。”过去一年，满心欢喜地迎接了新生命的到来，也失落悲伤地接受了老一辈的离开。猛然发现，曾经一直以为永远二十多岁的自己，也步入了上有老、下有小的岁数，也要成长为真正的大人了。新的一年希望自己看似柔弱的肩膀，可以担起更多关心、照顾家人的责任，经营好小家，才顾得好大家。

新的一年，多一些“存在感”。这个存在感不是贬义的故作跳梁小丑，而是用自己坚定的态度、果敢的姿态，书写属于自己的人生答卷。

我和很多朋友一样，是一个偏内向的人，常常希望在茫茫人海中做一个透明的角色，不争不抢、不骄不躁，但融入社会久了，发现如果想要实实在在与人、与事共处，并希望有所得、有所获，那势必要多一些“存在感”，才能在忙碌充实的每一天中收获真实、实现理想。

看着朋友圈中，朋友们一条条与2023年说再见、迎接2024年的动态，我也迫不及待下笔给今年的自己写了这一封信，写一写憧憬与期望，道一道理想与未来。新的一年，愿我们都可以拥抱幸福、拥抱新的自己！

黄杨树下好读书

初秋的清晨，村庄笼罩着淡淡的薄雾，早起的鸟儿在黄杨树上歇脚。老人们摆起小板凳，端着甜糯的白米粥，在渔家的声声吆喝中，一边喝粥一边聊家常，脚边是泛黄的叶子，窸窸窣窣的。

他们说着这棵黄杨树的故事。这棵百年老树，比村里大多数老人年纪都大，光阴流转，四季更迭，一代又一代的人们在树下成长、又从树下离开。而黄杨树见证了一批又一批靠着知识翻身、衣锦还乡的人们。老曲就是其中一个。

老曲是土生土长的村里人，家就在黄杨树边。那时他家里条件差，一大家子挤在小平房里，做饭、吃饭、睡觉都在一个房间，兄弟姐妹又多，能吃饱就已经不易了，哪顾得上给孩子置办桌子、椅子的。老曲那时还是小曲，听老师的话，知道读书是唯一的出路。一放学，就到黄杨树下，席地而坐，专心致志地念书，旁边的玩闹声、炒菜声、麻将声仿佛都被黄杨树挡在外面。

春去秋来，村里人都习惯了小曲在树下念书。慢慢地，有其他孩子也学着小曲的样子看书写字。大家也默契地给这些勤奋的孩子留出了这一方小天地。到了饭点，家里做红烧肉了，也会端出一盘来，天黑了，附近的邻居就点上院子里的灯，点亮树下一双双求学的眼睛。

后来小曲念完了初中，念完了高中，走出了村庄。那个年代的高中生已经是非常了不起的，可小曲依然记得树下艰苦的日子，省吃俭用，靠着勤工俭学，考上了大学。那可不得了，那年过年全村的人都举着红灯笼，给全村第一个大学生庆贺，而那棵黄杨树也仿佛知道了这个喜讯，明明是初春，却开出了新芽。

自此，这棵黄杨树成了村里大人、孩子最向往的地方。越来越多的孩子走出了村庄，考上了大学，村里也焕发出新的生机，盖起了大洋楼、美丽庭院，黄杨树依旧在几十年前的地方，安静地看着这些巨变，它仿佛是村里的定心丸，树在，村子的故事就在，村子的魂儿就在。

现在小曲变成了老曲，又回到了黄杨树下。他的身后是一队队戴着红领巾的孩子，一张张稚嫩的脸庞，听着老曲爷爷说着当年黄杨树下读书的事。也许现在的他们并不能体会当年人、当年情，但当他们捧着书，坐在树下，阳光洒下来，听着老曲朗读着他儿时的课本，传承的力量在暗暗积蓄，知识的魅力在欣欣向荣。

“放手”的父爱

周末难得不下雨，邻居们聚在门口闲聊。“哎哟，当心。”一看原来是邻居家的小虎子骑着新买的自行车，在学骑车呢。老的少的都围着看，有闲聊的，有看天气的，有遛狗的。

小虎子个头挺大，心心念念地想骑车好久了。他爸个头也大，扶着他跑了几圈下来，已经气喘吁吁了，挥挥手说“你自己学学吧，我可跑不动了”。小虎子的妈不放心，放下手里的菜过来扶他学。

想起儿时我学自行车的时候。记得那是六年级，好多同学早就会骑了，老爸带我学。跑了好几圈，老爸也气喘吁吁了，跟我说眼睛平视前方，就可以骑出来直线了。但是我胆子小，视线不敢脱离脚下。

有一次，我往前骑了一会儿，感觉怎么后面轻飘飘的，一看老爸没扶着，瞬间就没底气了，一下子就摔跤了，连人带车，看的老妈心疼得很，刚想来帮我扶着骑，老爸摆摆手，让我自己琢磨，自己练。摔了好几回，才学会了骑，这是老爸第一次放手。

印象中老爸一直比较放手，后来大家问我是怎么学习的，好像也是自学的多。老爸帮我养成了比较好的学习习惯以后，就放手让我自己预习、复习、做题、改题，好像老爸也不用费很多心，放手以后确实也培养了我独立自主的能力。

放着放着，我这只风筝就放到了北京。听老妈说老爸嘴巴上说着放手，但是知道我录取的时候心里还是挺担心的，担心我一个女孩子从来没出过远门，能不能照顾好自己，能不能适应宿舍生活，即便如此，送我的时候老爸还是让我独自坐飞机，真正做到了放手。

后来我回家了，生了孩子，我发现老爸像是变了样，放手变得不再放手，可能这就是隔代亲吧。儿子在学走路，走得还不是很稳，老爸恨不得把手拴在他身上，一步也不肯脱离。没关系，放手，又或者不放手，爱一直都在。

没有水枪的孩子

在朋友圈看到一个视频，讲的是幼儿园泼水节。空房间里，女孩子们穿着漂亮的裙子，男孩子们穿着清爽的短裤，每个人手里拿着前一天老师布置带的水枪，在泡沫堆里玩得不亦乐乎。

角落里，一个女孩子和她的爷爷静静地看着。女孩子手里的不是水枪，是一个崭新的水桶，身上的短袖长裤，也是干干净净的，不知道怎么融入大家。她的爷爷头发花白，两只手来回搓着，时不时摸摸自己的胸口。

朋友评论，角落里的她可能还是希望和别的孩子一样，有一把属于自己的小水枪吧。自从我有了孩子以后，每每见到这样的视频画面，总不自觉地鼻子一酸，见不得孩子们受委屈，哪怕其实对爷爷来说，已经尽力了，对孩子来说，也没有抱怨。

本着追根究底的心态，我去网上搜了下后续。很好奇孩子的父母又去哪里了，为什么让孩子、让孩子爷爷处在这样一个尴尬无措的时刻。原来女孩子的母亲长期住精神病院，父亲打工养家糊口，平常是爷爷带着，幼儿园活动只能爷爷参加。外公过世了，外婆也是体弱多病。这个现实让我更加觉得心疼。

想到我的孩子，一大家子陪着玩游戏、捉迷藏，每天乐呵呵的，一起陪伴着他快乐成长。再一看这个女孩子，她的童年可能多了一份隐忍和不外露的失落。多想穿过屏幕，递给她一把水枪，让她可以短暂忘记生活中的缺失，痛痛快快地放开自己玩一玩。

我把这个视频分享给老公，他表示认同的同时给出了另外一种解读。他说其实女孩子的家庭带给她的品质何尝不是一把对抗生活挫折的水枪呢。

我听到的时候愣了一下，没想到一向讨厌“鸡血”的他能说出这句话。可能也和老公的自身经历有关，从小并不快乐的童年，并没有让他的性格发生偏差，反而更加乐观开朗，也倍加珍惜小家，更希望给下一代快乐的童年。

加油吧，女孩儿！你的手里也许没有水枪，但是你的身后也有亲人的支持。

“熊孩子”和“乖孩子”

还没生孩子前，我好几次坐高铁，遇到形形色色的“熊孩子”，就倍感头疼，有高声尖叫的，有站在座位上一刻不停跳的，有在过道里奔跑嬉闹的，诸如此类，不一而足。所以当我发现座位附近都是大人，就会舒一口气，终于可以闭目养神休息到终点站了。

当然也有安安静静和家长看书的孩子，有时问个为什么，奇奇怪怪的提问让周围的大人们都忍俊不禁。也有家长轻声告诉孩子，在高铁上应该如何行为举止，还让孩子和周围的乘客礼貌打招呼。我暗暗想着，等以后有了孩子，也要努力让他不成为“熊孩子”。

现在儿子一岁多了，有时带他去商场里的儿童乐园玩。那里算是小型幼儿园“修罗场”，各种性格的孩子都在一起玩，这时候有趣的小矛盾就容易显现出来了。有的孩子把所有玩具都抱在怀里，觉得都是自己的，家长在一旁也不发声，有的孩子和别的孩子抢玩具，两方互不相让，最后两方都以哭泣告终。

昨天照例带儿子去乐园玩耍。我发现一边有个个头明显挺大的男孩子，穿着篮球背心，抱着玩偶在桌子上，自言自语些什么。看面相，能隐约感觉到不同。那时他的周围没有大人。

说实话，我的第一反应是让儿子不要靠过去。未知的一些东西我情愿从源头上避免。不过意外的是，这个男孩子只是自顾自地玩，没有尖叫，也没有扔东西，非常乖巧。

“你下来，你这样很危险，别的小朋友怎么玩呢？”另外一边声音很大，大家齐刷刷看过去，是一个男孩子站在旋转屋的座位上高速旋转，导致小点的孩子没办法下来，在哭。

男孩子的奶奶过去让他下来，他像是没听到。儿童乐园的管理员来了，和这个男孩子说。可是他依旧自顾自地玩，转得更快了。而他的奶奶也没有别的好办法，只是一脸生气且无助地坐在旁边，时不时说他几句。后来他往我们这里过来。抢其他孩子手里的玩具，趴在滑滑梯那里不起身，他的奶奶跟在他屁股后面念叨。其他家长也默契地和她们保持距离。

一回头，那个个头大的男孩子和另外一个小女孩坐在一块玩游戏，旁边一个话语温柔的女性陪着。这个男孩子轻声问：“妈妈，爸爸呢？”她笑笑说：“爸爸在忙，待会就过来。”男孩子就一脸开心地继续玩着。

当然，可能短短一个小时并不能完全说明什么，但是对我内心的震动是挺大的。刻板印象中有一定伤害性或者说不太正常的孩子，却比健全的孩子更懂事，更不像是“熊孩子”。

作为一个新手妈妈，深知其中要花费多少时间和精力，但是我离开的时候，那个妈妈依旧满脸笑意地陪着两个孩子，没有一丝不耐烦，也不在意他人的眼光。只能感慨一句，母爱真伟大。我们作为家长需要做的，还有太多太多。

守灯人

父亲是教师，晚上总要批改作业到很晚，只是开一盏昏黄的灯，多年下来近视得厉害，可对我总是很舍得，为了我学习买最好的台灯，他就守在灯的暗处，守在我的身边。

小时候，家里是没有台灯的，只有昏黄的灯泡，孤零零的从房梁荡下来。后来我上学了，需要用眼睛的地方多了，靠着这灯光，总是看不清，我眼睛越来越靠近桌面，父亲担心我的视力和他一样，所以专门去买台灯。

我们先是骑车到了镇上，镇上的供销社里台灯品种很少，买的人也少，父亲没看上，转身带着我去坐公交车，一路颠簸到市里。这也是我第一次看到那么大的书店，一盏盏印有卡通图案的台灯摆满了整个货架。听着售货员对功能的一一介绍，父亲频频点头，再一看价格，差不多是当时父亲一小半的工资了。即便如此，父亲也是几乎没有犹豫，把他觉得最好、最能保护视力的台灯买了下来。

后来的每一天夜晚，我在明亮的台灯下尽情吸收课本的知识，父亲就会在房间角落里看书，有时我拉着父亲让他也到桌子这里看，光亮一些，可是父亲总是摆摆手，我知道他是想把所有的光给我，也是不想打扰我静心的学习。

慢慢地，父亲觉得我习惯已经养成了，就不再陪着我看书写字，而是默默地进来，送上一盘切好的苹果，再悄悄地离开。就这样，一天又一天过去，这盏台灯陪伴着我从小学到中学，再到高中，我的成绩也不负所望排得比较靠前。

现在生了娃，父亲又开始操心起来。家里的灯要柔和一点，保护婴幼儿的视力，台灯也重新配置一遍，调整光亮度，乐此不疲。娃小的时候需要喝夜奶，需要开小夜灯，父亲就查各种书本，看开夜灯会不会影响孩子视力和长身体，最终建议我们选择了他觉得最好的小夜灯。一个个需要起夜的晚上，小夜灯陪伴着我和娃，我知道这是父亲无言的关爱。

有天晚上我加班回来晚了，娃已经睡着了，客厅的灯依旧开着。父亲在房间里看书，听到我开门的声音，出来说一句“回来了”，然后就回房间了，不一会儿房间里的灯就关了。我蹑手蹑脚地打开卧室的门，发现卧室里的小夜灯发着微微亮的光，甜美静谧，我看着酣睡的娃，把小夜灯调暗一档。恍然发现，我也成了守灯人。

守灯人，守的是人，更是爱。

书香父亲

晚上儿子睡得晚，洗漱收拾好也要九点来钟。父亲正放暑假，帮着我妈一起带娃，辛苦了一天，却还是坚持晚上阅读、练字的习惯，雷打不动。孩子喜欢有样学样，看到父亲捧着书翻阅，就拉着我给他读绘本，三代人一起看书，书香在身边淡淡地释放着。

五十多年前，父亲出生在一个平凡得不能再平凡的村庄。上头有好几个哥哥，家里唯一的经济来源就是种地，兄弟几个读了中学，识了一些字，就不读了，家里也付不出学费，就整天干活给家里挣钱了。

父亲是最小的那个，从小在学堂里成绩就不错。有个老师很看好他，虽然穿的是不合身的衣服，头发也乱糟糟的，但是钻到书里狠狠学的劲儿，老师看在了眼里。在得知父亲因为家庭原因要辍学的那天，老师特意到家里，劝我爷爷让他继续读。听父亲说，后来是这个老师帮着付了学费，给他申请了师范专业。后来毕业出来，父亲也没丢老师的脸，真成了一名老师。

就这样，父亲几十年如一日，在三尺讲堂上授业解惑。每每说到那位恩师，他总会非常感慨，说他是让他命运转折的贵人，也借此教育那时的我，一定要好好读书，读书才有出路，更要学会感恩，做一个对社会有用的人。

而我也在父亲的潜移默化中，爱上了阅读，爱上了书。每天放学，做完了作业，就会和父亲一人手捧一本书，津津有味地读起来。父亲还会给我订阅报刊，要知道那个时候每个月工资也就几百块，但买书订报纸他从来都不心疼。也是那时，在父亲的鼓励下，我发表了第一篇文章，稿费十块，还是父亲帮我拿回家的。

在书香的滋养下，我上了高中，读了大学，也有了一份不错的工作。工作之余，依旧利用碎片化的时间读书写作。机缘巧合下，也发表了一些作品。有老师联系我，有机会可以把文章整理出来出版书籍。那时的我得到这个消息，内心非常喜悦，能看到自己的文字被印刷出来，做成书捧在手里，那是多么幸福的事情啊！

书印出来之后，我悄悄地拿一本放在父亲的书桌上。父亲从一开始的困惑，到惊讶，到喜悦，情绪波动很大，最后他熟练地拿出眼镜，坐下读起来。说实话，稚嫩的文笔被审阅的时候还是有点不自信的，但是这一回，一向对我严格要求的父亲向我点点头，然后把我的书小心翼翼地放到了书架，他最经常看的那一格。

教师节马上要到了，我想要感谢的除了一路以来遇到的良师，更要感谢身边的父亲，他亦师亦友，给了我浸润书香的好环境，也给了我文字自由生长的空间。

父亲肩头的雨

秋雨总是一场接一场地下，原本炎热的天气一下子凉下来。下班时又下起了阵雨，一开始是小雨点，没多会儿大雨就噼里啪啦砸下来。来往车子的雨刮器忙乎得快冒烟儿，地上积聚的水被车轮带起来。虽然裤子上沾了泥水，庆幸车上备着雨伞了。

等待红灯的时候，正好看到一幕有意思的画面。一家三口没有带伞，孩子看上去两岁大，被扛在父亲肩膀上。父子俩在雨里冲，水溅起来。孩子头上套着父亲的短袖，父亲光着膀子，孩子说："别人都坐在小汽车里面，我们都没有小汽车。"妈妈跟着边跑边笑着说："这么可怜啦。"

撑着伞的我，看着不禁笑出声来。虽然周围大雨滂沱，可是小小的孩子还不明白，他已经坐在世界上最贵的车上了。有父亲的肩膀、母亲的陪伴，无须因为淋雨而失落，无须因为对比而神伤。

记忆回到了十多年前的雨天。父亲上班之前，我都会赖在车座上玩一会儿，两只脚丫子快活得来回荡啊荡，有时一个不留神脚被车轮卡住，哭得梨花带雨。父亲只得答应我下班的时候给我带水果冻吃，我就眼巴巴地在路口等着熟悉的自行车，车把上跳动的食品袋成了我童年最期待的八宝盒。

上学了，学校在家附近，父亲带我一起上下学。下雨天，就把我罩在绿色雨衣里。坐在自行车前面的横杠上，我只看得到路面随着车轮不断展开，抬头看，父亲眼镜上蒙上了雨滴，遇到路口，父亲就伸出右手，示意要右转弯。到学校，我的身上总是干干净净，父亲的额头都是汗水和雨滴。

后来毕业了，一开始我没车，就用父亲的车，父亲只能骑电瓶车上下班。天晴的时候没关系，距离也不算远。记得有一次，雨下得很大，我早早到家了。父亲明明比我早下班，却依旧还在路上。我出门等待，看到父亲的白头发被淋透了，心里觉得特别愧疚。

现在我工作了，家里条件也好起来了，添了一辆代步车。之前想的是让父亲开新车，我开老车，可是父亲不答应，说能开就行。亲爱的父亲啊，您总是想竭尽全力，给我们遮挡风雨。

时光慢点走吧，曾经父亲肩头淋过的雨，点点滴滴都是给我们的爱，现在是时候让我们给他们撑起一把伞了。

读书这件乐事

读书是动人的。抚摩扉页，便被一缕特有的香笼罩了。也可以说，是被一种感观笼罩了。那种感官是周身的、舒展的。就像是微雾的清晨，于山间，拾级而上，呼旷然之气，拥万物之灵。

抚过书架上的每一个线条，仿佛觉得每本书都有她的性格。有她独特的嬉笑怒骂、阴晴圆缺。尤爱日常里开出的文，读罢都是温温的、润润的，似玉兰。不张扬、不锋利，却在琐碎里开出美来。

花开有时，恰如读书。何时？多是意会。兴许是午后温暖的阳光里半眯双眸，听公众号里念着木心的诗。或是一个雨天，耳边雨声滴答，书里却是雷声轰鸣、牵动心神。又或是通往金融街的地铁里一手抓着把手，一手托着书本，恍若四下通透并无他物。

奇妙，与书相处的时间总是过得极快。无论是平实的话触碰到陈年的疤，还是如微风拂过的心湖泛起圈圈涟漪，过后多是心静、平和。一横一竖，一撇一捺，一字一句，余味悠长。人生阅历不同，对于读书的体悟也不尽相同，执念却是相同。

记得儿时的夏日，时有说书先生路过村里。我就扒拉两口米饭，拉着隔壁的小石头一起去村头。一人一个小板凳，早早地坐在人前头，听着梁山英雄、奇闻逸事，蚊子叮了一身也不觉得。后来有了带图的故事书，有了稳当的书店，便不再有这般经历了。这时的“书”掺杂了说书人的见解，虽大多数一知半解，细想来，倒别有一番趣味。

大了以后，才真切地有另一番体悟。父亲曾买回很多名著，里头诸多科学家、政治家、慈善家的生平事迹，现在看来虽达不到如此境界，但院子里被砍的樱桃树、篱笆上敲上又拔掉的钉子、雷雨天系在绳子另一头的钥匙，这些由日常生活中常见的事物生发的启迪都清晰地记得。以作者的视角，或者是一个小配角的视角，代入其中，探众生万象，品人生百态，心境得以澄澈与通透，内心得以有温度与思考。

很多幸运，也源于读书。与爱文字、爱读书的朋友，一起早起阅读打卡。去北京读大学，亲身领略史铁生笔下的地坛，倾听讲坛上老一辈文学家的用情诉说。我仿佛有了第二双眼，看到了文人笔下人物的影子与角落，也仿佛有了第二双耳朵，听到了不拘条框、让人拍案称奇的心声与畅想；更仿佛有了第二颗心，每日在柴米油盐之外跳动着，在世俗红尘里安稳着。

终此一生，我愿与书为伴。有一份来自日常、心动于日常，又归于日常的悠然。对往事宽容，对未来淡然，有明眸善睐，赏清风朗月。

愿你，放下，捧起，读吧！

一口红薯暖冬日

冬风阵阵，天空灰沉，鸟儿归巢，马路边的树叶泛黄静静飘落。奶奶说感觉这几天胃口不好，身子没劲。我立马去水果店买些水果，转身发现店门口摆了一个炉子，炉子里热气腾腾地烤着大红薯。

我眼前一亮，冬日里来一口暖和的大红薯，那多好！立马挑了两个烤得金黄流油的大红薯，红薯皮烤得刚刚好，淡淡的焦黑，拿到手中热乎乎的。香味肆意地钻到鼻中，弥漫在炉边，引来孩子们围观。忍不住咬了一口，新鲜出炉的果然有些烫嘴，嘴巴直哈气，一口红薯无须咀嚼就化在嘴里，软绵香甜。就这么边走边吃，只觉得胃里暖暖的，再走入风中，仿佛不再寒冷。

回到家，把怀中揣着的红薯递给奶奶，奶奶吃了一口，也连连点头。奶奶说这红薯一看就不是我们这里的，是东北的，这么大个头，吃上去糯极了。阳光出来了，找一个可以晒着背的地方，边聊天边吃红薯，惬意极了。阿哥拿起勺子，一勺一勺喂给奶奶吃，奶奶吃得津津有味，脸上挂满了笑容。

看着奶奶开心的样子，儿时的画面浮现在我脑海中。记得以前在老家，每到冬天，奶奶就会到地里拔自家种的红薯，一大筐一大筐的，分袋子装好，这袋给大儿子家，这袋给小儿子家，新鲜的红薯带着泥土气，传递着奶奶的爱。那时用的还是灶台，一根根柴火塞进去，红通通的火焰耀起来，烟囱里炊烟阵阵，柴火堆下面放上几个红薯，就是最佳的饭后点心了。我们几个孩子最喜欢的环节，就是拿着竹竿子往柴火堆里翻找，像是寻宝藏似的，乐此不疲。

记得那时自家种的红薯，也非常香甜。奶奶总会挑一个最大的红薯，剥好皮递到我的手里。在耀眼的火光中，小小的我坐在矮板凳上，乐滋滋地吃着红薯，奶奶站在一旁洗着灶头，轻声哼着好听的旋律，还有小鸡、小鸭过来凑热闹取暖，我把红薯皮留给它们吃，它们叽叽喳喳像是吃到什么美味一样。我们一老一小的人影，在灰墙上晃动着，关于红薯的美好记忆也在我的脑海中发着光。

此刻，冬日暖阳下，奶奶吃好红薯，香甜地打盹了，我去屋里拿出毯子给她轻轻盖上。一口红薯驱散冬日的寒冷，平日里忙碌的工作、生活，我们更应该多抽出时间关心家中的老人。也许对他们来说，简单的陪伴也足够温暖一个冬天了。

且听蝉鸣

昨天下班到家，推开门，蝉鸣声扑面而来。我觉得奇怪，明明在室内，怎么会有蝉呢？老妈做出一个嘘的表情，我立马慢下脚步。定睛一看，小家伙安稳地睡在小床里，蝉鸣声从手机里传来，原来是哄睡的白噪声。

上了一天班，有点累。我靠在沙发上，玩了一会儿手机，听着蝉鸣声犯困了，不知道什么时候睡了过去。等我醒来时，身上披着小毯子，伸个懒腰舒服极了。小家伙也醒了，在小床里自己翻了个身，笑眯眯地盯着我。

记得小时候，我觉得听到蝉鸣才是夏天。草长莺飞日，蛙声蝉鸣时。夏日光景，柳叶微动，青草连连。雨后，闷闷的空气里带一丝潮湿，树上的蝉不停歇地叫唤着，仿佛是提醒着我们夏天来了，可以吃雪糕、打水仗、穿裤衩了。

夏日的傍晚，邻居大哥哥带着我去抓蝉。我们一人手里拿一只手电筒，在林间蹑手蹑脚地走路，竖起耳朵寻声音。好不容易抓住一只，放到塑料瓶里。小孩子玩心重，到第二天早就把它忘到九霄云外去了。后来看课外书才知道蝉的生长不易，敬佩起它的生命力，不再去抓它了。

还有高考那年夏天的蝉鸣，我也记忆犹新。林荫下，蝉鸣不歇，仿佛是以自己做榜样，告诉我们要珍惜时间。伴着耳边的蝉鸣，我们奋笔疾书，看着教室后面的倒计时，我们时刻准备。盼着走出考场的那一刻，夏日的微风眷顾每一个为理想而努力的我们，耳边的蝉鸣为我们喝彩。

后来上班了，长时间待在空调房间里，听不见夏天的声音，也听不见蝉鸣。上班下班，耳边只有引擎的轰鸣声、敲击的键盘声、身边小声的说话声。室内闷闷的，比夏日的户外还要多一层压抑与沉寂。

难得一个悠闲的傍晚，体验了一把沉浸式蝉鸣。走到一条平日里走的小路，去街角的书店喝一杯茶。一排排木头书架，黄色的灯光照得人身心舒畅，屋外木桩上风铃微微晃动，耳边蝉鸣声声。

“不知心事向谁论，江上蝉鸣空满耳。”闭上眼，听着蝉鸣，吹着微风，浮躁且疲惫的心得到久违的宁静与释然。我仿佛回到了十八岁的夏天，变回那个怀抱理想、眼中有光的自己。

向日葵

小时候住乡下住得多，花花草草见得不少，却偏爱热烈温暖的向日葵。她总爱问爷爷，为什么向日葵向着太阳长。春风拂过，野草丛生，爷爷轻轻刮一下她的鼻子说，晒着阳光，多舒服呀。

可观，还可食。等到向日葵饱满的时候，就可以剥下一粒粒味道清新的葵花籽，偷偷攥上一小把，捧在手心，塞给在街角木凳子上写作业的他。所以每年她都会缠着爷爷种几棵向日葵在院子里面，然后日夜期盼着籽成熟的那天。

后来，爷爷不在了，种满植物的院子也没人打理了。日暮夕沉，飞鸟远走，向日葵垂下头，与迟暮的老屋一起，睡入尘土。

她长大了，性子安静，朋友不多，脸上常挂着淡淡的微笑。她偏爱家中的一方阳台。那里种着为数不多的绿色植物，每日闲时浇水、记录。花开了，柔软娇嫩的花瓣衬托着她的脸庞，可其实她最欢喜的，还是儿时的那棵向日葵。

家里是没地方种的，于是手机的壁纸、微信的头像都会用向日葵，仿佛期待自己可以像向日葵一般，吸收阳光，明媚又温暖，热烈又安静，令人心生欢喜。

还有那个街角的他，小地方，后来总还是听到了消息，有了些交集。坐十六个小时的绿皮火车，一个人去他在的城市。守在陌生城市的街角，口袋里装着一把瓜子，低着头手搅啊搅。

你来了。

嗯。

跟着去路边吃一碗面，他说还要忙，你自己去转一转吧。

她伸出来的手停在半空，低着头说，好。

天气转凉，院子里的植物也冻得厉害，打了白霜似的蔫乎乎的。她清了一方出来，摆上一个木桌、几本书，把自己泡在书里。阳光偶尔洒进来，手中的笔转动，在木桌上折射出光亮来。

这一天，她回到熟悉又陌生的街角，收到一份特别的礼物：几颗向日葵的种子。卡片上写着一行浪漫的字。她抬起头看看四周，一幅四方的向日葵油画在眼前展开，火红的花盘有着自然的张力。店门口是一位拄着拐杖的女子，提着一小袋一小袋向日葵种子，对着来往的路人挥手。

她捧在手心，看着那有点微小却饱满的生命，找个大花盆种下去。学着爷爷的样子，浇水、松土，等待着向日葵绽放的那一天。等待的日子因为有了盼头，变得不再漫长。等到炎炎夏日，她笑着侧身站着，阳光洒在她身上，真舒服呀。

油画依旧挂在门口，女子依旧拄着拐杖向她挥手，她轻车熟路地推进门。桌前围着几个学做插花和烘焙的聋哑孩子，她和他们一起举着向日葵，一起笑着。嘿，向日葵般的女孩终于成熟了，不再因为没有了儿时的太阳，就觉得周身失去了光彩。

青青园中葵，朝露待日晞。

向光生长，那光，原来便是自己。

夏日晚晴美如画

雨后的夏日傍晚，少了一份炎热，是遛娃的好时机。推开门，夕阳斜照，风柔和舒爽，吹得公园里人们的面庞也柔和起来。

在这里，人们可以在喧嚣中找到一份属于自己的平静与祥和。

有的轻摇蒲扇，静坐在长椅上，看游船往来。有的携手在林荫路上漫步，手里牵着的狗狗，撒欢地玩儿。很多是一家几口带着孩子，在绿油油的树木间、在动人的繁花间、在绿荫掩映的小径上拥抱自然，消除疲惫。

当然少不了成规模的舞蹈队伍的身影。大家默契地分为好几个阵地，有跳时髦的流行舞的，带头的老大爷像是万花丛中的一点绿；有手拉手跳交谊舞的，金色的裙摆尽情地展开；有穿着统一的服饰，跳着传统广场舞的，等等。他们在舞台中央，其他人仿佛是他们的观众。有孩子和大人跃跃欲试，在队伍中间边模仿边跳，认识的和不认识的观众纷纷鼓掌鼓励，空气中洋溢着友善的气息。

傍晚的公园也充满了自然生命的气息。虽然身处闹市、靠近马路，但是细细观察，有不少小动物在这里安家落户，在角落里留下了它们独特的足迹。小鸟扇动着翅膀，在树枝间来回跳跃。蜻蜓在湖边翩翩起舞，时不时落在大石头上。还有一只不知哪里来的小兔子，蹦跶着可爱极了，和孩子们玩起了捉迷藏。

这个公园的特色就是七点的湖心喷泉。每到七点，喷泉表演都会准时开始。无论是大人，还是孩子，都会上前激动围观，舞台中心的舞继续跳着，动感节奏的音乐与时而大时而小的喷泉相映成趣。大孩子们穿着一次性雨衣，直接往下风口冲去，张开双臂肆意拥抱水滴的拂过，开心的笑声给公园增添了生气。还有滑着滑板车来回奔走的，用手抹一把脸上的水，畅快极了。

娃会走了，但是看这大场面，他还是依偎在我们的怀里，眼睛瞪得大大的，看着新奇的一切。起风了，我们忙围在娃身边，给娃筑起了一道人墙。看着小小的人儿，在无风的港湾里无忧无虑地看着喷泉，心里多了一丝莫名的感动。

不知不觉夜深了，怀里的娃也睡眼蒙眬起来。回望此刻的公园，灯火依旧绚烂，依旧充满了活力。走在回家的小路上，微风轻拂着脸庞，不断送来夏日的芬芳，我沉浸在这美好的时光里，仿佛汲取了无穷的力量。

秋日里的“好声音”

“空山新雨后，天气晚来秋。”不知不觉间，秋姑娘翩翩而来了。清晨醒来，轻推小窗，光透过薄雾洒进来，空气温润，身体顿觉轻盈。昨日酷热的夏，一夜之间，隐去了来过的痕迹。树上鸟鸣阵阵，秋叶渐渐泛黄，秋风一起，叶子翩跹，散落土中，零落成泥。闭上眼，听见各种秋的声音，真实且治愈。

听，有大自然的生命之声。“秋野明，秋风白，塘水漻漻虫啧啧。”秋风阵阵，泛起一汪秋水，水塘深处，青蛙呱呱，鸟虫鸣叫，仿佛吹奏起秋日的第一首纯音乐。池中荷叶泛黄，耷拉水面，渔家摇桨，手捧莲藕。泥泞中的新生，感受秋日独有的生命力。

听，有播种者的收获之声。“笋将摇梦上轻舟，舟尾浪花湿。”秋风起，蟹脚痒。阳澄湖的秋蟹肥美，肉质清甜，食客尽来。头戴竹帽，划桨而过，一只只肥美的螃蟹钻进绿色的网兜，青壳、白肚、金爪、黄毛，最是正宗。迎风观湖，坐于船头，小酌佳酿，细品螃蟹。品的不单单是口中的美味，更是心头独属于秋日的慢时光。

听，有文人墨客的吟唱之声。“何处最添诗客兴，黄昏烟雨乱蛙声。”秋风乍起，吹起满塘秋水，湖面花影浮动，山峰的倩影映于水中，烟雨蒙蒙，山峰似是蒙上了一层薄纱。蛙声高一声低一声，雨滴紧一阵缓一阵，令人不禁心生雅兴，以秋日为律，浅吟低唱一曲好风光。

听，有孩童嬉闹的欢快之声。炎热的暑假过后，课堂里又传出久违的孩子们琅琅的读书声。伴着下课铃声，校园里恢复了生机。操场上、教室里、走廊上，同学们彼此分享有趣的见闻，诉说许久未见的惦记。三尺讲堂上一张张贺卡，一个个端正的字，表达着孩子们对老师最诚挚的感谢。

“君听月明人静夜，肯饶天籁与松风。”无论是耳边的还是心头的秋日声音，无一不是真实、诗意的体现。让我们在快节奏的生活中，试着慢下匆忙的脚步，悉心聆听每一个秋日里的“好声音”。

走亲戚

下班一开门，客厅里堆了不少水果、礼盒，我还以为有客人来过。母亲在厨房间忙碌，头也不回地说："早点吃过晚饭，走亲戚去。"一眨眼，又到了一年一度的"必修课"走亲戚了。这些礼盒有的是母亲白天去超市准备的，也有几个是别人送给爷爷奶奶吃不掉的。母亲一边把菜端出来，一边说："东西不就是送来送去，图的就是聚一聚，聊聊天。"

说起走亲戚，我小时候不太喜欢走亲戚。那时候我家没有车，我坐在三轮车上，"押送"满满一车的礼品，顺路的亲戚都走上一遍。有的东西是提前采购好的，有的是别人到我家走亲戚时提的。到了亲戚家，大人们泡茶寒暄叙旧，我平日里和亲戚们走动得少，和同龄的孩子们也不大认识。经过每家必问的学习成绩环节，我就没事可干了。坐在院子里晒晒太阳，看邻居家的狗趴着啃骨头，想着家里没做完的试卷和放在亲戚家里我没办法吃到的旺旺大礼包。邻居大妈在洗衣台上搓衣服，和我热情搭话："你是×××家小孩吧，都长这么大了啊。"出于礼貌，我就应一声。不过我性格偏内向，一整套走亲戚下来觉得非常疲惫。

当然，还有压岁钱这一档子。我小的时候，亲戚们会直接塞在我的口袋里，母亲会掏出来，反手塞回亲戚手中，亲戚又再次塞到我口袋里，如此反复多回。母亲会让我说谢谢，压岁包才安安稳稳到口袋里。同样，如果别的亲戚来我家，母亲就换了角色。仿佛在这么一来一回中间，传统年味得到了升华。

可惜长大以后，收到压岁钱的机会就少了。记得我工作以后，只有家里奶奶、外婆会惦记着给我塞一个红包，当然我自己有了工资，会回一个红包，虽然一来一回，并没有太多金额上的变化，但却能感受到其中蕴含着的对彼此的惦念和关心。

那时我还是很期待别人来我们家走亲戚的。有一堆好吃好玩的不说，母亲还会把备好的年货硬菜拿出来烧。搬家前，不大的客厅里，一张小方桌，平时就我们一家五口吃饭，足够了。每逢过年，就热闹起来，准确来说是拥挤起来。一张平日里吃饭的桌子是坐不下的，收拾一个角落，再摆上一个小圆桌，才刚好坐得下。

虽然没有空调，但是大家挤在一起，觉得身心都暖洋洋的。爷爷奶奶和老朋友们围在一块聊天，聊年轻时候的事情，聊那些身体不那么好的朋友还能不能再见，聊今年的冬天不算太冷。母亲系着围裙，烧一道又一道美味，父亲负责端菜，我和相熟的孩子们一起瞎玩，玩得没劲了，就去看看下一道菜是什么。

饭桌上是难得聚在一起的美味，我最期待的就是八宝甜饭。男人们就着黄瓜、花生米喝酒，甜饭就到了孩子和老人的碗里。一口咬下去，红丝、绿丝点缀着的亮晶晶的米，甜而不腻的豆沙，充斥着口腔，这才是我最期待的年味啊！

现在成家了，有了孩子，是时候轮到自己备年货走亲戚了。曾经不喜欢的寒暄交谈，也开始慢慢融入进去，就和曾经长辈们聊我一样，我聊着孩子日常琐碎的事情，喝着杯中温热的茶水，把塞到孩子口袋里的红包再掏出来，不知不觉，我成了曾经母亲的样子，或者说现在的我心态变了。能在过年时走的亲戚，其实都算得上蛮亲近的，除去婚丧嫁娶，在新年相聚的固定日子里，我愿意停下脚步、联络感情。

奶奶拉着我的手说：“以后你和你妹妹就是至亲了，其他亲戚都越来越淡了。”想来也是，等老一辈的走不动了，就该我们小辈走亲戚了，先不说小辈们之间感情淡了，就算真的走动起来，我们这一代独生子女偏多，能走动的也不多。虽然过年过节经常带孩子出去逛街、玩耍，但以后的孩子对于传统节日和血脉的理解恐怕会越来越疏离。

所以我长大后，不再对走亲戚反感，而是愿意带着孩子多走动，把纯朴简单的情感延续下来，感受那一份真挚浓厚的亲情。

第三辑　正当时

寒冬四暖

清晨起床，难免贪恋温暖的被窝，好不容易下决心起身洗漱。推开窗，一阵凉风从缝中袭来透进皮肤，汗毛一下立起来，果然是寒冬来了。

车门被冻牢了，车窗上结冰了，开好一会儿的暖气才能发动。今天雾气格外厚重，能见度低，一米外的树、人都只是个影子。母亲抱着儿子，在门口叮嘱我："路上慢点开。"我挥挥手，在霜雾中缓慢穿行。

杯中是声声叮嘱道关切，暖身。车流行驶缓慢，等待的时候喝一口茶，整个人都精神了。保温杯中是父亲早起泡好的养生茶。最近流感频发，尤其生了孩子以后，体质感觉总是差一些，父亲钟爱研究养生，给我买了一些茶包，叮嘱我冬季是养生的好时机，每天上班前，把茶包放在我的车钥匙旁边。

回家是浓浓人间烟火气，暖心。一打开门，儿子跑过来拥抱我，递给我白天做的枫叶标本，奶声奶气叫着"妈妈""妈妈"。饭桌上是我爱吃的羊肉汤，端起一碗热气腾腾的，手暖暖的，胃也暖暖的。吃过晚饭，陪儿子玩捉迷藏的游戏，一会儿跑这儿，一会儿跑那儿，一点也不觉得寒冷，热乎极了。

眼前是冬去春来万象新，暖意。儿子喜欢植物，父亲就在院中种了一棵小树，每天早晚，儿子都会和小树打招呼，给它浇水、松土，乐此不疲。一天，他惊呼："发芽了！"我这才发现，一个小小的嫩芽竟冲破严寒冒出尖儿来了，我看着儿子红扑扑的脸庞，欣慰地笑了。

手中是书香阵阵最致远，暖神。静谧的夜晚，儿子熟睡了。我悄悄打开台灯，泡一壶红茶，捧一本散文集，惬意地在黑夜中汲取心灵的慰藉。倦了，就抬头望望远方的月，蒙上一层浅浅的暖意。兴致来了，在玻璃窗上写上一句"寒尽春生"。

窗外的冬日依旧严寒，可我拥抱着来自多方面的温暖，只觉得寒日有情，冬日有暖，身心舒畅，未来可期。

寒尽春来待花开

再过几日便是大寒了，大寒是二十四节气中最后一个节气。《授时通考》有云:“寒气之逆极，故谓大寒。”气温低了，所哈之气皆是白雾。路上行人步履匆匆，寒霜凝结于枯叶之上，鸟儿悄然藏于巢中，仿佛在等待不久之后的冬去春来，等待万物生发、百花盛开。

记得儿时大寒，天是真的冷。我颤抖着冻红的手，写着寒假作业。也没有别的什么娱乐活动，趁着中午有阳光，就搬个凳子在阳光底下做作业，写出来的字颤颤巍巍的，像是没了拐杖的老人家。太阳落山，外婆端来一碗鸡汤，上面漂着蛋花和辣椒，外婆说喝了能暖和一点。

那个时候，外婆的煤球炉是我温暖的源泉。煤球炉的外壳烧得黑乎乎的，每次我去，她总会去墙角夹一些新煤球，小心翼翼放进去，烧上一大壶水，灌进永字牌热水袋、灌进新的热水壶，也灌进我的心里。后来住了楼房，就不许烧煤球炉了。

不知为何，外婆不怕冷。即便是大寒时节，她依旧穿着袄子下地，这里垦一垦，那里锄一锄，总是摆摆手说自己不冷，很暖和。后来家里条件好了，装上了空调，一年到头，外婆房间里的空调也开不了几次。她说自己是劳碌命，闲不下来，自然就不觉得冷了。

只是，这一年的大寒，外婆等不到了。她已经很久没有下地干农活、拾掇农事了，每次摸她的手，都觉得凉凉的，眼里也没有了光。在极冷的一天，外婆躺在床上，悄然离去了。可一生要强的外婆在离开之前，依旧自己颤颤巍巍地披衣下床洗漱，不要旁人搀扶，她手抬不起来，只含糊地说自己不冷，自己可以。

守夜的那一天，虽不是大寒，却冷得彻骨。看到角落里有一个熟悉、老旧的热水袋，拿到手里细细一看，原来是十多年前的那个热水袋，外婆依旧收得好好的，一如当年给我暖手时那般新。我眼里含着泪，往热水袋里倒满水，抱在胸前，觉得暖暖的，仿佛外婆未曾离去。

大寒以后，就是过年、立春了。我怀中焐着永字牌热水袋，站在窗前，多希望外婆可以在我身边，我们一起喝一碗鸡汤，一起望窗外嫩芽初露、溪水潺潺，一起盼新的一年春暖花开、万事顺遂。

“粥”到暖腊八

清晨起床，收拾停当准备吃早饭。母亲端来一大碗内容丰富的粥，有红枣、桂圆、莲子等，儿子瞪着大大的眼睛，惊讶极了。我也好奇，往常都是白粥、黑米粥多一些，今天的粥有点特别。母亲笑着说：“今天是腊八节，当然要喝腊八粥啊！”

我翻看了挂历，果然是农历腊月初八，腊八节到了。腊八之后再过一段日子，就是过年了，腊八的传统习俗却也没有被淡忘，家家户户都会煮上一锅热气腾腾的腊八粥，一家人围坐在一起，驱一驱冬日的寒，盼一盼新春的暖。

记得儿时腊八粥是我最爱的腊八节美食。母亲前一天晚上就会把林林总总的食材洗干净、准备好，糯米、黑米和薏米各一勺，再来点红豆、花生、莲子、红枣，剥几个桂圆，再添上一大块冰糖和水，放到锅子里，从晚上煮到腊八当天清晨。早晨一开锅，甜甜的香味就弥漫在空气中。我跳着闹着让母亲盛了一大碗，顾不得烫嘴，呼噜呼噜地往肚子里灌，真香甜啊！

就这样，一家人一人捧一碗粥，围坐在木桌旁。就着母亲自己腌制的酱瓜，甜味和咸味交织在嘴里，食材虽普通，也没有大鱼大肉、精致甜点，但是带来的口感是丰富的，令人回忆的情节是温暖的。到了学校，同学们就互相说着喝的腊八粥里有些什么，有的是葡萄干，有的是红丝绿丝，有的是核桃仁，各有千秋，相同的是洋溢着的简单的快乐与喜悦。

后来我去北方读书，腊八节也一直在学校里度过，母亲的腊八粥也是好久没喝到过了。不过在外的游子总会想念起童年的味道，所以每逢腊八节，我都会和舍友们一起到食堂打一份腊八粥，虽然其中的食材和南方传统不一样，但回到宿舍，大家围坐在一起，喝上一碗热气腾腾的粥，也足以慰藉孤单思家的心情。

现在，我在熟悉的家中，重新吃到母亲的腊八粥，倍感亲切与欣喜。一年又一年，母亲添了不少白发，却依旧精心地帮着我们，让孙子辈健康快乐成长，一如当年抚养我一样。我低头喝一口腊八粥，真香甜啊！这粥，这景，这情，一如当年，未曾改变。

一年之“计”在于春

写了一年的记事本终于可以“寿终正寝”了，翻了翻，整个本子皱皱巴巴的，也变厚实了。到了后面，字越来越凌乱，像是急忙赶车的路人在马路上狂奔，脖子上的围巾都飞到树枝上了。年底琐事繁多，本子上这里来一笔，那里来一笔，生怕遗漏了一些故事在过去一年，又生怕把什么小尾巴带去新的一年。

我捧着新的记事本，又拥有了全新的365天，感觉沉甸甸的。因为终于开启了全新的一年，不知道自己是否能尽情拥抱和实现曾经未曾实现的愿望。更多的是兴奋和期待，古人言：“一日之计在晨，一年之计在春，一生之计在勤。”面对已知的不变与未知的变，我在新的记事本上写下几个希望。

更多阅读，更多感悟。阅读这个习惯保持了很多年，虽然脚步为生活琐事所羁绊，不能行万里路，但是可以与书中人物一道看诸般风情、人生百味，对自己价值观、人生观的塑造大有裨益。其实我更喜欢看纸质书，一页一页翻过去，心能沉下来。

但这也是需要时间和机会的，为了给自己少一些不看书刷手机的借口，我下载了电子书，迟子建老师的作品常读常新。通勤路上、午休时间方便点击阅读，虽然实际上还是会经过一番心理斗争，但回过头发现自己用无聊刷视频的时间，换来阅读了几页书，感觉非常棒！

更多生活，更多体验。自从家中有了孩子，气氛变得活跃起来，哭哭笑笑，热闹极了。于我而言，小时候想体验，却没有机会体验的玩具、游戏，如今可以重新变回孩子，有极其正当的理由，踏踏实实地感受一把大孩子的童年时光。

新的一年，以平等的姿态，与孩子成为朋友、成为玩伴，普通的日常因为孩子的视角而变得不再普通，细碎的生活也因为发现美的眼睛而变得丰满起来。推开家门，卸下外在的身份、潜藏的情绪，回到孩童时代，为一朵花的盛开而惊喜，为一只小狗的翻身而雀跃。

更多播种，更多收获。春天是播种的季节，无论是阅读写作、自我成长，还是陪伴孩子成长，都是一个漫长的过程，需要时间、精力、情感的付出，耐得住寂寞，耐得住孤单，才能在秋天得到收获。

最近喜欢用一段话勉励自己，是张桂梅校长创立的学校的誓词。“我生来就是高山而非溪流，我欲于群峰之巅俯视平庸的沟壑；我生来就是人杰而非草芥，我站在伟人之肩藐视卑微的懦夫！”每每读来，心中就涌现出被文字感染的力量，仿佛自己就站在那高山之上，拥有万丈豪情，产生莫名的自信与感动。

我用笔将这段话一字一句、端端正正地写在记事本的扉页上。是的，我坚信奋斗、努力的力量，每日的积累、灌溉，总会迎来硕果累累的丰收。等春去秋来，我们定会成为更好的自己！

新春三味

难得闲来无事，踱步至老街，喜庆浓郁的年味扑面而来，我知道，这是新春第一味来了。老人们早早把窗户、木门清扫干净，贴上新年福字和春联，小店门口也挂起了一串又一串大红灯笼，浓浓的过年气息迎面而来。

我也赶去超市，买上春联和福字，准备张贴起来。去年贴的福字经过一年的风吹日晒，颜色褪去了。回到家，刚拿出胶水，儿子已经迫不及待要参与进来，我握着他小小的手，把“福”字贴上玻璃，默默许下朴素的新年愿望：希望新的一年一家人身体健康、天天快乐。

民以食为天，新春的百种美食味道也钻入鼻中，这是新春第二味。屋檐上晒着的腊肉，饭桌上自己做的酒糟和面筋塞肉，黑色锅炉里炸着的萝卜丝饼，无一不提醒着来往的行人，过年啦！

我最钟爱的是母亲做的豆沙馅儿的酒酿饼，那叫一个酸甜、软糯。袁枚在《随园食单》中有写道：“用酒酿当酵母发面尤松。”每到过年，母亲都会做好酒酿，把糖、温水、面粉混合，手就这么来回轻轻地揉啊揉，一个个白白胖胖的面团就揉出来了。在我眼巴巴地等待中，发酵上大半天，再包入豆沙，小火慢烤。一出锅，顾不得滚烫，我一大口咬下去，就是这个味道！

新春年味，最不可或缺的一味就是一家人团圆的幸福味道。年味是离家的游子提着行李归来，尝一尝想念的家乡味道。年味是疲于奔波的人们慢下脚步，品一品久违的恬淡心情。年味是平日里冷清的门槛，迎来孩子们一波又一波欢喜的笑。

今年过年，我打算把一大家子召集在一起，吃顿团圆饭。往年都是父母辈张罗，现在我们自己都有了孩子，是时候担起家里的担子了。借着过年，和平日里忙着工作生活、感情疏离的亲戚们聚一聚，聊一聊家长里短，说一说酸甜苦辣，忆一忆儿时趣事。虽然是稀松平常的一顿饭，但蕴含着家的温馨、爱的延续。

喧腾的烟火气也好，怀念的美食也罢，这个新年，总是值得我们从四面八方归来，赴全家团圆，赴心中所念！

“圆”宵一刻值千金

快下班，瞅见母亲在家庭群里发消息，说明天晚上吃汤圆，让我们投票吃什么馅儿的。选项有萝卜丝馅儿、豆沙馅儿、肉馅儿。看一眼日历，原来明天就是元宵节了，元宵节自然要吃汤圆。我们一致投票，想吃萝卜丝馅儿的。萝卜丝馅儿的，吃上好几个也不腻味，和黏糯的外皮口感刚好中和。

吃过晚饭，母亲把水磨糯米粉、萝卜、面盆一一摆出来。洗净双手，开始切萝卜丝，白萝卜更适合做馅儿。馅儿的味道是关键，很考验经验，加上几勺酱油、糖来调味，再来回搅拌几次，馅儿就做好了。接下来就是和面团，这是力气活儿。母亲化身“指挥官”，父亲负责大力揉面，过软母亲就加些糯米粉，硬了就洒点水，直到面团软硬刚好。再分成差不多大小的小块面团，捏成半圆，再加入拌好的萝卜丝馅料。

儿子第一次见大胖汤圆，早已跃跃欲试。小手扒着饭桌，踮起脚尖，试探着够小面团。母亲笑笑，挑了一个最小的面团，握着他的双手，捏起来，没一会儿半圆就捏成了，儿子用小胖手抓了一大把萝卜丝，就往里面塞，母亲搓了两个来回，一个圆圆的汤圆就做成了。在落入儿子“魔爪”之前，母亲立马把汤圆放到盆子里去了。

做到最后，面团多了一些，母亲灵机一动，拿出一包红豆沙，包起豆沙馅儿汤圆来。怎么区分两种口味呢？母亲自有办法，在豆沙馅儿汤圆上头留一个头子标记，这样一起下锅的时候就分得清楚了。准备工作完成，我们早已嘴巴馋得不行，母亲拗不过我们，只好下一锅汤圆，就当是夜宵了。儿子还小，不能给他吃糯米食，怕积食。看着他馋得不行，就给他吃一口豆沙尝尝味道。

记得小时候，元宵节是接着过年后又一热闹的日子。那时镇上大的商场少，去市里也不方便，最期待的就是娱乐中心的猜灯谜活动。早早吃过汤圆，便拉着母亲出门，一路上打赌这一次能猜中多少谜语、拿到多少小奖品。“火树银花灯如昼”“宝马雕车香满路”，越往娱乐中心走，人越多、越喧闹。里面挂满了彩灯，手艺人在灯上画了各色吉祥图案，下面用红线挂上灯谜。

小时候我个子矮，好不容易猜到谜底，却被大孩子扯走了谜面，沮丧极了。还好有随后赶来的“后援团”，我和母亲负责猜灯谜，父亲负责摘谜面，爷爷奶奶负责领小奖品。虽然每次只能猜到一两个，兑到牙膏、牙刷这些东西，但参与感很强。回家路上，手里捧着猜谜得的奖品，坐在父亲的肩膀上，一家人走在柔和的月光里，真希望可以定格那一刻。

崔液在《上元夜》中写道：“谁家见月能闲坐，何处闻灯不看来。”现在交通方便了，小镇上的人们都去附近商场逛，对元宵节仿佛不再那么特别充满期待。网络也便捷了，灯谜猜不到，只要一搜索，都可以找到谜底，参与感也少了。有时不免怀念往昔，怀念那个曾经人声鼎沸的娱乐中心，怀念那一晚洁白的月光。回头看，深植心底的，是万家灯火，亦是花好月圆。

九九一曲道春归

岁末年初的天气总是变化莫测，时而极冷，时而回暖，每日晨起穿衣都得看一眼天气预报才安心。南北朝宗懔在《荆楚岁时记》中写道："俗用冬至日数及九九八十一日，为寒尽。"实际上，古人的智慧早已蕴含在歌谣中，九九一曲，细数天气变化，翘盼寒尽春来。

这几日穿羽绒服出门，明显感觉到暖和不少。儿子喜动，和伙伴们玩捉迷藏玩得起劲，手心里有汗，一摸背心，果然被汗浸湿了。回到家，父亲说："你现在给他穿这些，当然热了，再过一周还要回暖。"儿子好奇地问："爷爷是天气预报吗？"父亲笑笑，揽过儿子，开始念起《九九歌》。

"一九二九不出手，三九四九冰上走，五九六九沿河看柳，七九河开八九雁来，九九加一九，耕牛遍地走。"父亲一边念，一边比画着，儿子就像在听绘本故事，听得入神。我算了算，原来马上要立春、六九了。

我手里搓着儿子换下来的棉毛衫、棉毛裤，记忆飞回了小学课堂。语文老师把手画的投影纸放在投影机平台上，这张画面是孩子们戴着手套溜冰，下一张切换成岸边垂柳爆出嫩芽，下一张是大雁呈"人"字形归来，最后一张是农田里农人拉着老牛忙农事。

我听着老师绘声绘色地讲着《九九歌》，觉得古代人真是充满生活智慧。回到家与家人分享，身为语文老师的父亲看我兴致勃勃，又衍生出来好多知识说给我听。和我说《九九消寒图》，说冬至后逢第一个壬日开始叫“交九”，说《九九歌》是结合当地民众习惯和物候气象得出的歌谣。还告诉我很多谚语，像“春打六九头”，是说“立春”一般都在“六九”的第一天。我翻着挂历，一个个对应起来看，果真如此，更觉神奇。

儿子到了什么都要问个为什么的时期，我回过神一看，他还拉着父亲问为什么、为什么。父亲颇有耐心地说了一遍又一遍《九九歌》，一如当年他耐心教诲我那般。父亲望着窗外，对儿子说：“九九以后呀，春雨就多起来了，农民伯伯可以开始耕作了哦。”儿子跳着说也要去田里看看。

九九之后，便是惊蛰。朱敦儒在诗中写道：“春雨细如尘，楼外柳丝黄湿。”等春意浓了，带着一家老小出游踏青去，望满眼青绿，见万物生长，听冰雪消融，吹春风徐徐。

伴着《九九歌》，传着好传统，一代又一代，一年又一年，撒下希望的种子，盼春暖大地、来日可期。

龙抬头有奔头

农历二月初二，是民间俗称“龙抬头”的日子。惊蛰过后，春意渐浓，雨水渐丰，一年繁忙的农事即将开启序幕。白居易在《二月二日》写道：“二月二日新雨晴，草芽菜甲一时生。”岸边新柳飘飘，池边嫩芽绽开，预示着无限的希望与强大的生命力。

“二月二”这天，民谚有“二月二剃龙头，一年都有精神头”的说法。奶奶说：“在这一天理发，就是从‘头’开始，是好兆头。”现在这个传统在小镇上依旧氛围浓厚，“二月二”之前的日子，镇上理发店门可罗雀，几乎没有光顾的人。哪怕头发长一些、邋遢一些，家里长辈也都说忍一忍，忍到“龙抬头”再剃。

到了“二月二”这天，理发的人一个接一个。镇上的理发店，其实就是一个老门面，不像商场里的店铺精致高级。木头大门、窗户上贴着陈年的报纸，老师傅握着老式理发工具，手忙活个不停，乐得合不拢嘴。炉子的火烧得旺，等待着的老人们一起聊聊家常，茶叶水续上一杯又一杯，从天亮到天黑。

记得儿时，这一天我会吃到许多美食，每一道奶奶都有说头。吃几个韭菜猪肉馅饺子，奶奶说这叫“吃龙耳”。吃米饭，奶奶说这叫“吃龙子”。吃一碗鸡汤面条，奶奶说这叫吃“龙须面”。我好奇地问：“怎么有这么多讲究呢？”奶奶说：“二月二，龙抬头，更是期盼好奔头的大日子。”说完，又给我的碗里搛了两个“龙耳”。我想这不单单是传统美食，也蕴含着美好的希冀。

现在普遍经济条件好了，大型商超里各地美食，应有尽有。每逢节假日，西餐厅、海鲜自助、日料店都排队排得长长的，“二月二”也不例外。可不知道为什么，吃得多了，仿佛也是食之无味，还是回家吃一口奶奶做的鸡汤龙须面最对胃口。奶奶点着我的鼻子，还像对小时候的我一样说：“你个小馋猫，吃完龙须面，一年都顺顺利利！”

“旧苑新晴草似苔，人还香在踏青回。”又是一年“二月二”，我站在窗边，给奶奶梳梳头、揉揉肩，祖孙俩笑意盈盈，看春暖大地、春雨绵绵，不禁感叹：“又是有奔头的一年呀！”愿我们抬头皆美好，所见即温柔。

春色正中分，最是好时光

春分时节，落英缤纷，暖意洋洋，最是春意盎然。路上的行人慢慢减去了厚重的冬衣，虽然还是戴着口罩，但明显脚步轻盈了不少，眼里也满是淡淡的笑意。树上的鸟儿轻快地叫唤着，不时在枝丫间来回跳动，仿佛在迫不及待地诉说春姑娘的脚步又近了不少。伴着徐徐轻风，嗅着阵阵花香，心不自觉地放松下来。

有不少描绘春分的佳句，细细品读，无一不令人对春分更生出两分向往与憧憬。有欧阳修南园踏青，耳闻马嘶、青梅如豆、柳叶如眉、蝴蝶轻飞的清新诗意。有杜牧居于村中，轻风袅袅、雨点滴滴、牧童放牛的乡野美好。有杜安世雨霁风光，百花争艳、新燕成双、鹦鹉孤睡的幽美意境。诗人笔下一个个生动形象的描绘，令我陶醉神往，闭上眼睛，回忆起属于自己的春分时光。

那是儿时属于春分的快乐记忆。那时家附近的田地里，满是金灿灿的油菜花，闲来常与邻家孩子们成群结队地玩，有时带着老鹰风筝在地里飞奔，有时挖一堆泥土搭堡垒，玩累了就四脚朝天地躺在油菜花地里，风里混着淡淡的泥土气息，小小的手儿举起油菜花，迎着风来回挥动。大人们提着篮子，戴着头巾，在地里弯腰埋头挖野菜，见自家孩子玩疯了，只会嘴上念叨几句，眼睛仍然在地上四处寻觅野菜的踪迹，任凭孩子们嬉闹，这大概是孩子眼中无比的自在时光了。

后来长大了，去了外地读书，就更鲜有机会见一见儿时的油菜花，多了喝春茶的习惯，算是另一种迎接春分的仪式感。“春分茶冒尖”，每到春分时节，会泡上一壶春茶，绿莹的嫩芽在玻璃杯中翩翩起舞，根根分明，香气醉人。打开卧室的窗户，望一望满眼的绿意，闻一闻近处的花香，读一读《面朝大海，春暖花开》，再抿上一口清新之味，一切都是那么刚刚好。

春色正中分，最是好时光。伴着希望，伴着春光，待春分又至时，定要与三五好友，带上春茶一壶，去儿时记忆中的田间地头畅游一番，把浮躁的心沉淀下来，重拾前行的希望与信心。

清明时节

春雨渐稠，草长莺飞，每逢清明，就想起朗朗上口的诗句：“清明时节雨纷纷，路上行人欲断魂。借问酒家何处有？牧童遥指杏花村。”清明不仅是二十四节气之一，也是中国传统节日之一，更饱含着缅怀逝者的哀思与浓浓乡愁。望窗外，正是绵绵细雨纷飞，不禁勾起儿时的回忆。

奶奶的母亲，我们这里叫老太太。记忆中的老太太驼背得厉害，个子小小的，额头的碎发用黑色的卡子固定着齐齐地往后梳。每次看到我，都会用一双颤巍巍的手，笑着从箱子里掏出来一个水果冻。那时并不懂得生老病死的事情，以为永远会有水果冻吃，老太太也永远会在那里盈盈笑着。

记得那是个冬天，极冷。好多认识的和不认识的亲朋好友前来，白色的纸钱在空中四处飘飞，大人们围着白布、戴着黑袖箍，奶奶头上别了一朵黄色的花，脸上满是泪痕。老太太静静地躺着，身上穿着新袄。我们几个孩子一起在院子里玩，一脸天真无邪的样子。

家里清明节总要祭祖，要准备纸钱、花束等祭品。小时候不懂事，只觉得有那么多好吃的。大人在院子里准备时，还会偷偷拿上一块糕点吃。等大了些，被父母带着一起去，才有了不同的感触。

清明多是下雨天。与家人们拎着提前准备好的祭品等，步行而至。前去扫墓的人很多，手里都是大包小包提着，以自己的方式前往凭吊。有抚摩着墓碑上的照片呢喃的，有拿布轻轻擦拭着墓碑的，有用毛笔细细描碑上的姓名的。前几年还没有倡导无烟祭扫时，大多数人会给故去的亲人烧纸钱，在袅袅的烟中低头哀悼。

每次奶奶去扫墓，总不愿意让我们陪。她自己提着东西，找到老太太的墓，也许会轻声抽泣，大概会诉说对老太太的想念与分享现在的好日子。当我们祭扫好其他亲人后，找到奶奶，奶奶抹一把脸上的泪水，说一声“妈，我走了，明年再来看你”，就招呼我们回家吃饭，像没事人一样。大概只有在那个时候，她才能回到儿时，卸下疲惫，像个孩子一般，将自己心中最柔软的情感释放出来。

当然，清明不只有浓浓的哀思。“梨花风起正清明，游子寻春半出城。日暮笙歌收拾去，万株杨柳属流莺。”这首诗描绘的正是人们郊游踏春、拥抱自然、流连忘返的美好画卷。万物至此，皆清洁而明净。也许更好地拥抱未来，也是对故人与往事的另一种追忆吧。

乡间谷雨

谷雨是春日里的最后一个节气，她为柔和情暖的春天做收尾，也为烈日炎炎的夏天做开端。每逢谷雨，燕子归巢，天上总会下起密密麻麻的雨，这雨悦耳动听，令人心神宁静的同时，又生发出雨润禾苗的喜悦与期盼。

“谷雨，谷得雨而生也。”谷雨时节，是家里长辈忙着播种的好时候。记得儿时，谷雨之前，奶奶就早早在老历上圈出“宜播种”的字样，闲时准备好农具，安排好时间，领着一家人把土地翻一遍，再种上黄瓜、豇豆、青菜等，种下希望，种下收获。“村北村南，谷雨才耕遍。”日落之时，直起弯了一天的腰，扶一把草帽，擦一把汗水，远远望去一片片规整丰满的田地已“整装待发”，虽然手上沾满泥土，可这心里却美滋滋的。

谷雨播种怎么少得了孩子们的“掺和”。每每看到奶奶拿着锄头往外走，我就蹦得老高，央求奶奶带我一起去。广阔的田地、青蛙的叫声、松软的泥土、撒种的畅快，无不吸引着小小的我。得到奶奶不情愿地点头，我快活地穿上小套鞋，提上小提桶，戴上小套袖，一蹦一跳地跟着大部队出发。分配到的活儿，就是帮奶奶丢种子，再掩土。一开始觉得这个农活很简单，没承想才干一小会儿就腰也酸得很，脸也涨得通红，此时我对“粒粒皆辛苦”的诗句有了来自生活的真切感受。

后来，搬家到了镇上，据说乡下的田上建了房子。没有了田地的奶奶，常常一副若有所失的样儿。再到谷雨时节，老历上依旧有一个画出来的圈，但伴着雨声的奶奶，只能静静坐在窗前，看柏油路上车子来来去去、匆匆忙忙。也许对奶奶来说，谷雨不单单是一个节气，也是一段充满干劲、充满生机的回忆。

到北京读书后，我也鲜有机会静下心来，感受暮春谷雨，回忆儿时光景。有一次去郊区，偶然见到一户人家屋檐下有燕子筑的巢，才猛然发现谷雨已至，才想起那时充满欢乐与感触的乡间农趣。“最爱晚凉佳客至，一壶新茗泡松萝。”与同乡的同学们相约而坐，品茶叙旧，最是舒心。

乡间谷雨，点亮期望，萌生趣意。拥抱着这沾满泥土的美好记忆，走向往后收获满满的灿烂时节，我认识到，只有怀着一颗脚踏实地的付出之心，才能采摘自我天地的闪烁繁星。

奶奶的“劳动经”

《归园田居·其三》写道:“晨兴理荒秽，戴月荷锄归。”古人在日复一日的披星戴月中，播撒种子，收获果实，乐在其中。奶奶也不例外，以劳动为乐，有着自己的一本“劳动经”。

“劳动经”第一条是脚不停、手不放。多亏了奶奶的辛勤劳动，院子里豇豆、生菜碧绿生青，辣椒、茄子也结出了果子。哪怕大雨刚下过，地上还是湿漉漉的，奶奶也忙穿上雨靴扎到菜园里去。闲时坐着聊天，她的手在毛线中来回穿梭。她好像从来不觉得累，反而觉得劳动是件快乐的事。

“劳动经”第二条是眼观六路、亲近自然。好多回原本是拉着奶奶去湖边散散步，可每次看到草坪上三三两两的身影在找野菜，奶奶就闲不住了。“这里有野菜！”说罢，她娴熟地从口袋里掏出随身准备的塑料袋，转头加入了队伍中，弯下腰就开始忙活。

“劳动经”第三条是回归质朴、回归传统。比如挖到的野菜，奶奶就会用最传统的做法烹饪。一种是把野菜切碎和鸡蛋混合用油煎，黄绿相间，不一会儿就飘出浓浓的香味。再一种是直接凉拌，野菜苦中带甜，吃起来爽口极了。平日里吃惯了大鱼大肉，这纯天然纯手工的质朴“野味”倒是更有一番滋味。

“劳动经”第四条是做好传承、鼓励创新。在奶奶的影响下，父母也开始践行“劳动经”了。套衫、帽子、旧平底鞋、镰刀、锄头是后备箱常备的。周末，父母带着篮子、铁质剪刀、小铲子，弯腰找野菜。奶奶也早已把制作野菜的绝学教给了母亲。母亲将父亲找来的野菜洗净剁碎，菜刀上残留着它独有的草涩味，无需复杂的烹饪调味，简单拿醋一拌就很美味。还有母亲琢磨的创新点心，把荠菜和肉、香菇拌到一起，撒一点盐，挖一小勺猪油放锅里加热后浇上去，再淋上一点醋，这样做成的蘸料，那叫一个鲜香。

记得儿时学的第一句古诗，是“锄禾日当午，汗滴禾下土”。而奶奶则是用身体力行的“劳动经”，告诉我们朴素的道理：要学会尊敬劳动和辛勤劳动的人们，更要珍惜自然无私的给予！

青年之光

有人说，现在的青年人只会手捧手机，彼此都像陌生人一样冷漠。可《肖申克的救赎》里面有这样一段话：“你知道，有些鸟儿是注定不会被关在牢笼里的，它们的每一片羽毛都闪耀着自由的光辉。”那光不是外界给的，而是源于内在的滋养。是的，当代青年就有着属于自己的万丈光芒，照亮他人，点亮时光。

青年之光，是勇于蜕变的进取之光。实习时曾遇到一位前辈，她讲话糯糯的，皮肤白净，穿格子衬衫，留披肩黑长发。后来看到她发的照片，大吃一惊。照片里的她穿着蓝色冲锋衣，阔腿牛仔裤，脸晒得黑黑的，头发松松地一扎，席地坐在操场上，腿上放着一台黑色电脑。原来她与好友以互联网为媒介，开展结对助学行动，发布能提升人文素养的课程，从给儿童的绘本项目，再到对乡村教师的培训，忙得不亦乐乎。那照片里的她，虽不修边幅，却闪着青春的光彩。

青年之光，是敢于挑战的坚定之光。每年征兵时，总会有不少怀揣远大志向的青年报名，一个个脸上还带着学生的青涩懵懂，谈起当兵却目光坚定。经过层层筛选，在一个阳光灿烂的正午，在高高飘扬的五星红旗下，还是孩子的他们，身穿军装，胸前戴上大红花，像大人模样。与眼含不舍泪水的父母挥手告别，迈着坚定的步伐走向梦想中的天地，义无反顾、昂首挺胸，在部队中浴火重生，百炼成钢。

青年之光，是勇于担当的无畏之光。疫情当前，包括医务工作者、社区工作者、广大志愿者在内的人们夜以继日地忙碌在抗疫的第一线，其中有不少青年志愿者的身影。他们有的是两个孩子的母亲，有的是刚毕业的大学生，有的是刚新婚的小夫妻，无一不舍小我成大我，身穿防护服，与时间赛跑，汗水从白天的汗珠凝结成夜晚的湿凉，可即便如此，他们脚步不停，用无私的爱心守护着万千家庭的岁月静好。

《新青年》中写道："青年如初春，如朝日，如百卉之萌动，如利刃之新发于硎，人生最可宝贵之时期也。"作为青年，要珍惜这一段青春时光，怀抱青春理想，挥洒青春汗水，致力不懈奋斗，在最美好的年纪里仰望星空、脚踏实地。

至真童年

明天是“六一”儿童节，儿时的每一个儿童节，我总是收获满满。

儿时儿童节那天，学校会组织大型的文艺演出。每个班都会排几个节目上台演出，有专门的老师给化妆，无论男女，脑门上都点上一个红点。同学们还会在胸前戴上红领巾，昂首挺胸的。这一天，一般是上午表演节目，下午回家休息。记得有一年，我和同学们表演的是合唱《歌唱二小放牛郎》，我是领唱。虽然到了台上望着台下无数双眼睛，还是会紧张，也会唱错歌词，但或许是类似的经历锻炼了我，上大学和工作以后，能够勇敢地站在台前进行演讲或者展示，并且也习惯了台下认真地注视。

长大的我们在儿童节这一天，总会怀念一番。追忆童年时，天真烂漫是提到频率极高的词。以前一个简单的游戏，就足以乐上一整天，吹路边的蒲公英、丢母亲缝的沙包、折一艘小船放浴缸里漂等。现在想来略显单调，准确地说很难想象，如此简单的一个游戏，儿时的自己能感受到那么大的乐趣。

都说童年对人的一生会产生莫大的影响，确实如此。儿时简单的快乐给了我对事物乐观看待的心态，儿时无畏地上前给了我遇事不退缩、不靠后的勇敢，都是难得的财富与积淀。

时光飞逝，儿时儿童节的种种还在我的眼前，仿佛是昨天，一眨眼，我的怀里也多了一个小小的人儿。有一天，我将以家长的角色给孩子庆祝儿童节了。我想，除去物质上的给予，更多的是要守护孩子的天真、放飞孩子的想象力。作为家长也要做好榜样，虽然工作忙碌、生活琐碎，但要抽时间读书、写字，记录生活中的感悟，对待生活乐观，对待工作认真，不被重复的日常所麻木，同时有自己的态度，勇于表达见解，无所畏惧。

希望我们能葆有儿时的天真与无畏，能高声歌唱，更能迎着他人的目光笔直向前，一天又一天，一年又一年，每天活得像个天真无畏的孩子。

百味粽子

端午节，朋友圈里都是各色各样的粽子，香味都透过手机屏幕直钻到鼻子里了。除了端午节，平常老妈也会包粽子给我们当早饭吃，新鲜的粽叶、糯米、肥瘦相间的猪肉全部准备好，馅料调好味道，拉上老爸一起包粽子，再煮上一下午，晚上就可以吃了。

老妈的手艺是从奶奶那里学来的。一开始用绳子包来包去，馅儿和糯米总是漏出来，煮着煮着粽子就“散架”了。熟能生巧，现在老妈已经是教师级别了，能一步一步教老爸包，有趣极了。亲戚之间包了粽子也会互相送，有意思的是每家做的粽子总有区别，有的喜欢豆沙馅儿的，有的放了葡萄干和大枣，相同的是我们南方都是酱油红粽子，吃上一口香喷喷的。

小小的一个粽子其实各家有各家的味道。小到身边的亲戚朋友，大到不同地域，粽子的做法往往不同，口味自然也不同，相同的是其中饱含的情感一脉相承。

记得在北京读书时，每逢端午节，食堂都会推出各色各样的粽子，除了我常吃的酱油肉粽，还有蛋黄粽、白糖粽。和同学们聊起各自家乡粽子的做法，听下来也各有千秋，算是长见识了。云南有竹筒粽，广州有裹蒸粽，潮汕有鸳鸯粽。隔壁寝室有来自四川的，端午没回家，家里给她寄过来一大箱麻辣粽子，我咬了一小口，就辣得不行。

味蕾还是有它习惯的口味。上大学的时候还有和家里人视频的习惯，我和他们分享食堂见闻，说各种各样的粽子口味，老妈听得津津有味，问我“是不是家里粽子吃腻了，新鲜的口味好吃呀”。我笑了笑，挂了视频，心里总是不得劲。

尝试了多种粽子口味的我，最终还是跑去食堂，又买了一个酱油大肉粽，相同的食材让离家在外的我多了一丝安慰，也想念起老妈的手艺，想念起千里之外的家人们有没有吃上粽子，有没有过得好好的。

现在的我回到了家乡工作，每天都可以吃到酱油大肉粽，每天都可以在熟悉的乡音中醒来。也许这粽子很普通，但是这是属于家乡的专属味道，让人感到无限的温暖。

百味粽子温暖每个身处家乡的人们，也温暖身在异乡却梦回故里的游子。

小暑一声雷

盛夏光景，一池湖水清亮澄明，湖中青绿色的荷叶连成片。三两只蜻蜓扇动着透明的翅膀，时而在花苞尖上驻足，时而在湖心点染出水晕，将淡淡的荷花的芳香散去十里长街。

小暑，给我更多的印象，是正值暑假的开端。还记得儿时，在自家院子里的闲适心情。四四方方的竹桌上放着红彤彤的西瓜，奶奶坐在藤椅上扇蒲扇。我光着脚丫子坐在竹椅子上，伴着西瓜的清爽香甜，午后的阳光从黄瓜棚的缝隙透过来，惬意极了。

到了小暑的傍晚，饭桌上必不可少的就是糯米藕。奶奶把提前泡了一夜的糯米放入藕内，上下来回晃动，盖回切下来的藕盖子，用牙签封口后放入锅中焖煮。一出锅香味扑鼻，咬一口甜美温润，一点儿也不腻，构成了我对于小暑节气的食物记忆。

老话有："大暑小暑，上蒸下煮。"到了小暑这个节气，也就快到"三伏天"了。每到小暑前后，乡亲们就开始了热火朝天地干农活，给稻谷施肥，给地里庄稼除虫，大家毫不吝啬地挥洒着勤劳的汗水，盼望着在下一个收获的时节满载而归。

小暑时节，雷雨来得越发密集。前一秒还是蓝天白云、晴空万里，忽然就雷电轰鸣、大雨袭来。路上行人撑起提前备好的雨伞，有经验的乡亲们也早早收工回到了家中。坐在自家客堂的门槛上，望着滋润作物的大雨，吃上几口自家种的西瓜，心里美滋滋的。

雨后的天气总是清爽宜人。滴滴雨水从荷花花瓣上轻盈滚落，远处的湖水仿佛也洗刷一新，在阳光的映照下泛出星星点点的痕迹。孩子们光着脚丫子踩水塘，比赛谁溅起的水花更高更远。

后来村里改造成了景区，乡亲们也都搬到了镇上，很少有人种地种菜了。环境好了，设施好了，可终究没有了我们这一代孩子童年的痕迹。

又是一年小暑，泡一壶雨后绿茶，闭上眼，仿佛在钢筋水泥之间看到了儿时的荷叶连连、闻到了荷香飘飘、听到了鸟声阵阵，心中少了一份浮躁与焦虑，多了一份心安与沉静。

夏日赏荷正当时

夏日炎炎，湖边水波粼粼。荷叶连连、碧绿清爽，荷花粉嫩、白净，伴着清风，舞起动人舞姿，映着透亮的蓝天，似是一幅盛夏荷塘水墨画。静观片刻，满眼都是清凉，多了一分祥和、静谧之美，不禁畅想起诗与远方。

荷花的别名很多，文人墨客恨不得将世间所有美好的词汇都用在她的身上，芙蓉、菡萏、水华、芙蕖、净友等。描绘荷花的诗句更是层出不穷，仿佛她的自由灵动、倩影袅袅怎么也写不尽、写不全。我想这就是荷的魅力吧。

雨后荷花，满院飘香。九曲回廊旁，夏日微风拂过荷花的脸颊，那花便像是害羞的姑娘脸上泛起红晕，捂着嘴轻轻笑着。“风蒲猎猎小池塘，过雨荷花满院香。”雨后，花瓣上雨滴丰盈、似落非落，池水清澈泛起点点涟漪，步行在回廊上，那满院飘的清香令人陶醉。

清水芙蓉，旷然于世。形容女子清新淡雅，当属“清水芙蓉”了。“清水出芙蓉，天然去雕饰。”宽阔天地间，半亩荷塘中，她独立于此，没有一丝多余的点缀。从含苞待放到静静盛开，淡然迎着路人赞叹的眼神，与一池鱼儿相伴，清新动人，纯粹美丽。

亭亭玉立，高洁如斯。荷花的外表已令人沉醉，她的品质更是令人钦佩。她不卑不亢，虽身处泥泞，却不随波逐流，不放浪形骸。“看取莲花净，方知不染心。”我们要向荷花学习，保持一颗干净纯粹的心。无论外界如何烦躁纷扰，都要拥有坚定的立场与态度，淡定从容。

有个“荷花定律”，甚是有趣。一池荷花，每天会以前一天的2倍数量绽放，到30天的时候就会开满一个池塘。季羡林老先生当年放几粒莲子于池中，几年的积淀过去，忽然有一天荷叶漫布，爆发出惊人的生命力。

难以想象当初的几粒莲子经过多么艰难的蓄力，多么持久的等待，才绽放出美丽的荷花，孕育出肥美的莲藕。小舟行于池上，习习清风，莲藕若隐若现。这是光阴的痕迹，更是时光的馈赠，是坚守的力量，更是初心的体现。只有守住初心，才能与荷一般，绽放属于自己的夏天。

梅雨季节

不知不觉到了梅雨季节。这几日屋外的雨一阵赶着一阵地下，家中的地板总是湿滑，一不留神就摔一跤。把久居阁楼的抽湿机搬出来，地板渐渐干燥起来。一家人在家中陪孩子看书、画画，倒是另外一番温馨画面。

想起《约客》这首关于梅雨的诗："黄梅时节家家雨，青草池塘处处蛙。有约不来过夜半，闲敲棋子落灯花。"江南的梅雨，总是柔和有情趣，像一位美丽优雅带有一丝忧愁的姑娘。

这几日，正式入了梅雨季。树上的叶子随风纷纷落下，像是春姑娘不舍得离去，落下的丝丝忧愁，零零散散的柳絮在脚边留恋，花朵在雨中被雨滴打得耷拉着脑袋。雨水挂在玻璃架上，一道浅浅的"瀑布"出现在眼前。雨水淅淅沥沥，倒是有了一股早秋的味道，可明明最热的夏还没来到。

绵绵的细雨无声地湿润着大街小巷、树梢花间，还有行人的肩上眉头。撑着伞，携手漫步在青石板路上，耳边是淡淡雨声，眼前是点点绿意，仿佛置身于一幅水墨画中。街边的店家，早已经备好了热茶、雨伞，随时等着过路的人们，或踏进店里品茶，或持伞离去。

院子里的瓜果蔬菜也喝得饱饱的。原本天气炎热，吃过晚饭老妈都会拿着水管浇一遍水，现在梅姑娘来了，雨下得又密又急，小番茄、茄子一个个都变得色泽诱人、新鲜欲滴。摘一个成熟的番茄，洗一洗就可以直接吃。边吹着凉爽的清风，边吃着纯天然的果蔬，惬意极了。

夜幕降临，雨声渐渐减弱，路灯逐渐亮起，给雨夜增添了几分暖意。雨停了月亮温和的光洒下来，雨水形成的小水塘被照得亮亮的。鸟儿不知何时发出几声鸣叫，慢慢地，睡意袭来。

清晨醒来，梅姑娘早已离开了。路上残留的积水仿佛是向人们透露着她离开的痕迹，桥下水面上的绿植静静漂曳着，角落里不知谁挂的虾笼也浮在一边。

江南小镇的梅雨，不仅是一场连绵的雨，更是一场静谧和自然的体验。“青草湖中万里程，黄梅雨里一人行”，“梅姑娘”所到之处，蓬勃着生机，点缀着美好。

军旗飘扬不老魂

每年建军节前，我们部门都会采购慰问物资去部队慰问战士们。一进门，就能看到大院中飘扬着的“八一”军旗。“团结就是力量，团结就是力量。这力量是铁，这力量是钢，比铁还硬，比钢还强。”一排排整齐的队列，在飘扬的军旗下高声唱着《团结就是力量》。我们的胸也不自觉地挺起来，心中莫名生出勇敢与气势，仿佛这军旗有着它独有的精神力量。

“八一”军旗飘扬，闪耀他们无私奉献的精神。在抗洪救灾的大堤，在疫情防控的一线，在为人民服务的前沿，一群铮铮铁汉怀着满腔热血穿越大江大河、守护万家灯火、满足群众所需，疲惫时唱起振奋人心的军歌，挥舞起鲜红的军旗，脚下就有了方向，手中也有了力量。

“八一”军旗飘扬，点缀他们艰苦岁月的坚守。老兵驻守孤岛，虽然物资匮乏，可是他的精神世界是充实而饱满的，朴素的信仰在他心中闪耀。军旗下，孤单的身影抬起手敬礼，越发佝偻的背影依然努力直起。年轻的子弟兵主动前往偏远地区，远离了都市的精彩，义无反顾地选择在崇山峻岭中打磨自己、沉淀自己，为军旗点染上青春的光彩。

“八一”军旗飘扬，传承他们一如既往的军魂。一面面由革命战士们的鲜血染红的军旗，从战火纷飞的历史中走来，它见证了无数英雄志士为国捐躯的无畏，见证了无数先烈前辈浴血奋战的不朽，见证了无数人民子弟兵对党、对国家、对人民的一片赤诚之心，铸就了改天换地的一番伟业。这些可敬可爱的战士们，一代又一代共同守护着祖国的和谐与美好。

只有读懂军旗的鲜红，才能铸牢我们的军魂。在这个特殊的日子里，作为青年一代，更要将这种力量与信仰融入行动，共同为推进中华民族的伟大复兴做出贡献。

落叶知立秋

“云天收夏色，木叶动秋声。”林荫道旁，一棵古老的银杏静静立着。略带湿润的风拂过，黄绿色的叶子微微颤动，在树枝上踮起脚尖起舞，有的欢快地落到地上，在阳光的照耀下更显光泽，有的拂过路人的脸颊，微风送来初秋的气息，轻轻送来了片刻的舒爽。原来是立秋来了。

立秋，是秋季的第一个节气，更是稻谷趋于成熟的时节。儿时，每到立秋过后，家里总是一副热火朝天的样子。父亲手中的镰刀快速挥舞着，顾不得擦额头上流下的汗水，腰从鸡鸣弯到日暮。一捆一捆的稻谷摞起来，摞出大家伙的笑脸，摞出收获的喜悦，摞出好日子的希望。

那时的我，穿着母亲做的红色外衣，手里攥着邻居大爷给的两颗糖炒栗子，一边在田间蹦跶着，闻一闻周围香甜的稻谷味，一边捧着栗子，嚼一嚼秋天的美味。广阔的天地间，我享受着独一份的无忧无虑。

每到这时节，家中饭桌上也会多不少立秋美味。老话有“贴秋膘”的说法，母亲总会早早托人买了肥瘦相间的猪肉，选好部位熟练地熬制入味，端出色泽诱人的美味。多的肉剁成肉末包成饺子。再来上一只从邻村买的散养草鸡，白切或炖汤，都是美味。常常肚子咕噜噜地上桌，打着饱嗝爬下桌。

后来外出念书，暑假留在学校实习打工，立秋正好回不去。母亲就会在电话里念叨，让我“记得吃肉饺子，吃红烧肉”。还说家里的地大部分被征了，年纪大了也不去田里忙活了。还说一个人在外面，要对自己好一点。

秋风起，我抬头，落叶飘下来，落在脚边。每每这种时刻，我总会点一份肉饺子外卖，坐在工位上吃。边吃边怀念起曾经无忧无虑的童年，怀念起与伙伴们弯腰捡银杏叶的快乐，怀念起母亲做的红烧肉。

又是一年立秋。耳边寒蝉唱个不停，成群结队地在高高的树枝上欢腾地叫着，好像在告诉我们闷热的夏天过去了，凉爽的秋天来临了。穿着西装的我，一手提着电脑，一手裹紧了外套，奔走在回学校的路上，奔走在与童年、故乡渐行渐远的路上，奔走在属于自己的未来道路上。

秋深露渐浓 九九情益暖

史书上记载:“斗指寒甲为寒露，斯时露寒而冷，将欲凝结，故名寒露。”十月之初，寒露将至，秋意更浓。走在落叶飘散的十字路口，秋风一起，不自觉快走两步，凉意蔓延至心头，兴许这就是“天凉好个秋”。

寒露来了，可以感受丰收的快意。田间地头，渠边桥下，一把把反复举起落下的镰刀，饱含着农户的汗水与喜悦。是啊，丰收的好时节到了。金灿灿的玉米、沉甸甸的稻谷、火红的辣椒，好一幅斑斓的秋景图。好想张开双手，全身心地感受自然的神奇。

记得小时候，寒露时节是我撒丫子在田间欢腾的好时候。家里人在田里忙活，顾不得小小的我。爷爷用钩子给我做了一个简易的吊杆，让我去小河钓龙虾。为了抓住龙虾，我一不留神掉到小河沟里去了。爷爷一把就把我提起来，只见我满身的土渣渣，大人们笑弯了腰。

也是从那个时候起，爱上了垂钓，从中慢慢体会自然的静谧之美。日落向西，天气舒适，时间缓慢，最适宜久坐垂钓。一木座、一壶茶、一提桶、一竿子，和爷爷一起，一坐就是小半天。听燕儿呢喃，看鱼儿嬉戏，关注的不在于钓了多少鱼，只在于钓本身，在空旷清静的天地间，感受自然与静谧。

寒露到了，也意味着重阳节也不远了。爷爷饭前喜欢小酌，一到秋天就嚷嚷着喝菊花酒。寒露风重，菊花开得正好。秋天最常见的就是菊花，父亲在院子里种了好几种不同颜色的菊花，那微卷的花瓣、清淡的香味，在百花凋零的秋日显得格外惹人爱怜。

到了火候，父亲就会从盆中剪三两朵菊花，加糯米、酒曲，酿制多天，这样“长寿酒”就做好了。寻常的一个傍晚，一杯菊花酒，一束桂花香，爷爷和父亲两人边聊天边小酌，简单的日子，却显得格外美好。

同坐在月光下，我看着曾经大碗喝酒、大口吃肉的爷爷，只能披着外套抿一两口菊花酒，时不时还会咳嗽两下，心中不免回忆起与爷爷一同垂钓的温馨时光。

如今我也长大成家了，每逢寒露、重阳，就会惦念起家中的老人们。哪怕是寻常日子，也要多花一些时间回家看看。寒露秋意浓，但是骨肉亲情为这个深秋增添了一抹暖意。

抬头见月 便是团圆

《唐书·太宗记》有“八月十五中秋节”的记载。中秋是中国传统节日之一。无论身处何地，无论情归何处，每逢中秋佳节，总会想吃一口甜腻的月饼，抬头看一看洁白的圆月，抱一抱身边的家人。

记得小时候，难得能吃到月饼，尤其是五仁月饼。所以每到中秋，我就特别期待父亲下班买月饼回家。吃好饭，洗干净手，眼巴巴地看着母亲把月饼分成好几份，说着团圆的吉利话，来不及细品，月饼就到了嘴巴里了，只觉得真甜啊。

渐渐地，月饼品种多了，也不稀奇了。亲戚、朋友之间月饼送来送去，也不会特意为了吃一口月饼而特别期待中秋节的到来。曾经很喜欢的五仁月饼，也因为巧克力、椰蓉、杧果等口味的兴起，慢慢从我的清单中离开了。

后来去了北京上大学，做了四年的异乡人。来回高铁票也不少钱，所以基本是寒暑假各回家一趟。好几年的中秋都没有回家过，学校食堂有卖月饼的，买了一个，回宿舍自己啃着吃。不知道为什么，突然就很想家。

“人道中秋明月好，欲邀同赏意如何。”同宿舍好几个舍友，也离家远，也没有回家。我们各自和家人视频聊天，远程一起吃月饼，父亲安慰我说只要抬头看月亮，我们看的是同一轮圆月，我们就是团圆的。

现在我回家乡工作，中秋可以与父母一起过。吹着清爽的秋风，一只手提着曾经最爱的五仁月饼，期待着回家吃团圆饭、吃团圆月饼、享团圆爱，另外一只手提着给儿子的一个小灯笼，高高低低的影子走在桂花飘香的小路上，温柔的月光洒下来。

父亲抱着我儿子让他把小灯笼挂在院子树枝上。我在一旁给儿子说着嫦娥奔月、吴刚斫桂的传说，他瞪着大大的眼睛好奇地听着。也许多年以后，他会离家求学、工作，希望他能记得现在的一轮圆月，记得这一刻团圆好时节。

挂一幅金秋油画在心头

农历八月，已是金秋时节。古人云：“今日云景好，水绿秋山明。”如果把四时比作书画作品的话，金秋就是幅浓墨重彩的油画。而金秋油画的魂，是金灿灿的桂花。

路边桂花繁盛，把道路点缀得香气扑鼻。路人行色匆匆，小瓣的金黄跳入眼中，仅是片刻停留，已嗅得花香满盈。偶有风路过，一朵朵可爱的桂花蹦到孩子们的书包上，蹦到女子的油纸伞上，蹦到有心人的镜头里。深秋将至，四下蟋蟀叫声渐弱，似是向夏姑娘道着离别。

邻居喜欢自己研究做美食，周末做了椰汁桂花冻糕给我们品尝。冻糕看上去弹力十足，桂花的样子活灵活现。一口咬下去，能立刻品尝到椰香和桂花甜冻的双重滋味，口感很特别。问了邻居做法，说是用了吉利丁、椰汁、桂花液等材料，鼓捣了一整天呢。这一来，倒是怀念起奶奶做的桂花糕来了。

记得儿时最爱家门口的桂花树，桂花好看又可口。每到金秋，桂花盛开，奶奶就会捧着竹篮子站到树下，轻轻拍一拍枝丫，一朵朵鲜嫩的桂花便飞落下来。有几朵调皮的，就会飞到旁边小河里，在漾起的水花中起舞。留在篮子里的桂花们，会在奶奶的手下化成一块块桂花糕。

铺匀、冲洗、晾干、蒸煮、点缀，看似简单得不能再简单的步骤，却饱含着奶奶最真的心。她戴着老花镜，把篮子放在眼前，一朵一朵拨开，再一朵一朵挑选，时不时揉揉酸疼的老花眼。这时我会端着小凳子，坐在奶奶边上，抓一小把桂花在小小的手心里，整个脸埋进去。就算不小心吃了朵桂花到嘴里，那味道也是甜滋滋的。一小块桂花糕，承载着我童年时对金秋的甜蜜回忆。

长大以后去外地读书，再也没有吃到过最天然的桂花糕。吃到过塑料包装袋里的桂花糕，有匀称洁白的底子，若有若无地缀着点点桂花瓣，咬下去，谈不上自然发酵的松软，更多的是工业流水线的直白。少了桂花糕的自然香甜，金秋这幅油画就少了灵魂。

现在想来，金秋油画最好的背景，终究还是家乡。家乡的人、家乡的情、家乡的景都让我难以割舍。此刻的我，看向窗外，近处，是湖水淡淡、绿树青翠；抬头，是棉絮状的云朵片片、天空蔚蓝无际。金秋，褪去了“夏初芳草深”的稚嫩，迎来了“天秋月又满”的圆满。

我站在熟悉又陌生的窗边，赏着眼前徐徐展开的金秋画卷，嗅着梦中的桂花香，秋姑娘踏着清风，徐徐走到我耳边低声细语，仿佛诉说着这幅《流火金秋图》的前世今生。

愿你我在金秋时节，遇见真实，遇见美好。若无闲事挂心头，便挂一幅金秋油画在心头，何尝不是人间好时节？

中秋是一首抒情诗

中秋，月圆。远处层叠的山郁郁葱葱，时不时有浮云在山间飘荡。抬头，朦胧的月光静静地洒落一地，静谧且安详。孩子们围坐在石凳上，手里拿着月饼，你掰我一块，我掰你一块，彼此分享不同的口味，悦耳的笑声传得很远很远。

中秋如诗，有一种纯粹的美。儿时，父亲喜欢教我把诗词唱出来。我最喜欢听的一句是“但愿人长久，千里共婵娟”，用孩童嗲嗲的语调跟着父亲一遍一遍唱。年少的我并不懂得句中的悲欢离合，只知道曲调婉转动听。

听诗中情，讲月中人。每到中秋，我们爷儿俩就一起赏月合唱。这还不过瘾，父亲还会和我讲嫦娥奔月、吴刚斫桂的传说。我听得入神，嚼着月饼的嘴也停下来，抬头望望皎洁如水的月亮，思绪飞到千里之外。

赏诗中景，守心中爱。每到这个日子，家家户户团聚，一块月饼一家人分着吃。闻着院子里沁人心脾的桂花香，喝着父亲煮的桂花茶，咬一口碗里的桂花汤圆，互相有一句没一句地聊着天，说说明天的天气，叨叨孩子的成绩，聊聊平日里没拉的家常，轻松又惬意。

传诗中神，谱家乡曲。毕业后回到家乡当村官，每到中秋都会举办“我们的节日·中秋”主题活动。每到这时，我都会和志愿者们一起和面、包汤圆、煮汤圆，将煮好的热气腾腾的汤圆送给乡亲们吃。还会组织孩子们剪纸，一起剪出心目中的“月是故乡明”。一颗颗火热的心因中秋贴在一起，分享爱，放大爱。

又是一年中秋，皎洁的月光穿透云层，洒落在湖面上。岸边的灯光星星点点，三两结队的路人步履匆匆，朝着熟悉的方向赶去。也有异乡人不紧不慢地散着步，在如水的月色里卸下心锁，独自咀嚼思乡的孤独。

此刻，我望着怀中小小的人儿，身边围坐的都是我爱和爱我的人，一切都是这么美好。我指了指远方的月亮，和父亲一起唱起儿时的诗词，空气里弥漫的都是幸福的味道，安稳且惬意。

风雪夜归拂灯火

冬日萧索，北风凛冽，群鸟噤声。电视新闻里说东北已是白雪皑皑，一看墙上的挂历，恍然间发现“小雪”已过，马上是“大雪”了。古人云：“大者，盛也，至此而雪盛也。”

我向窗户上哈了一口气，用手指抹出一方干净的玻璃，望着院中初露花苞的冬梅，想到学生时代常放在嘴边的诗句，是唐朝诗人岑参《白雪歌送武判官归京》中的“忽如一夜春风来，千树万树梨花开”。虽然还未到大雪梅花绽放时，但此刻的梅树不正如诗中所说，经受着苦寒的考验吗？而窗前的我怀揣着隐隐的期待，期待着大雪来临嗅到暗香的时刻。

夜深了，打开窗，冷风嗖地钻进袖子里，有路人裹紧厚重的棉衣，行色匆匆地往家门口奔去。看着这一幕，不禁感叹：“风雪无论多大，只要有归家的盼头，心头就是暖暖的啊。”思绪飞到了儿时，飞到了大雪纷飞中手捧暖炉在路边等待父亲下班的日子。

那一年下了很大的雪，村上的老人们都说是几十年来最大的一场雪。只记得白白的雪，漫天漫地地向黄土地撒下来。母亲去镇上团了条好几斤重的棉花被，绑在自行车后座上载回来，回来路上看到小店里卖着好看的碎花手套，记着样式，回家找到毛线球，就开始织起来。窗外雪继续下着，从早下到晚，母亲手握着木头针，毛线在两手间来回翻腾，没一会儿的工夫，手套就有模有样了。那时村上还没有空调，都是生一个炉子烧些热水，人们围在炉子边身子就暖和一些。吃过晚饭，母亲依旧搓搓手，半偎在被子里，织着过冬的装备，头顶一盏昏黄的灯。光打在灰色墙壁上，半弯的影子留在我的记忆深处。

等父亲下班，已经是过了饭点许久了。母亲猛地从被窝里钻出来，端出依旧热乎的饭菜，还细心地给父亲拍一拍肩头的雪。我做好作业，从里屋出来，吃着花生米，听父亲说学校的事情。父亲一边吃饭，一边说："今年的雪太大了，我人站过去，腿都难拔出来。"我瞪大眼睛好奇地听着。父亲还说："有的学生也过来帮忙，忙着忙着就一帮人玩起来！"

我忍不住问父亲："他们是怎么玩的呢？我也想出去玩！"父亲是宠我的，屁股还没坐热，听到这话，就想披上外套出门带我玩了。母亲有点恼了："你让你爸吃口热饭，外头太冷了。"父亲突然想到了什么，转身从外套口袋里掏出两颗大白兔奶糖，可把我高兴坏了。我小心翼翼地打开，白白的糖跟外面下着的白雪似的。虽然天寒，但是在父亲口袋里的奶糖带着一股暖意，吃到嘴里，更是香甜。

我把剩下的那颗大白兔奶糖剥开，想塞到母亲嘴里。母亲摆摆手说："我不爱吃，你吃吧，怪腻的。"她愣是把糖又塞回了我的嘴里。父亲神秘地笑了笑，仿佛是知道有这个场景似的，变魔术似的又从口袋里变出一颗糖来，放到了母亲的手心里。母亲捂着嘴笑，把糖放在贴身的口袋里，转身去屋子里了。

没一会儿，母亲又走出来，摊开手，原来拿了一双大手套和一双小手套。她努努嘴，父亲就心领神会，这是同意我们爷儿俩出去撒欢呢，那还等什么。父亲扒拉几口饭，就披上外套，戴上手套，带着我出去堆雪人了。母亲就这么倚靠在门口，烧上一壶热水，满脸欣慰地看着我和父亲在大雪里玩着、闹着。静谧的夜，静谧的雪，我们的笑声穿过整个村庄，越过整条河流，流过整个儿时的记忆。

后来再没有下过那么大的雪，我们也搬家去了镇上，不再生炉子烧水了，但每每回想起那时的快乐时光，嘴角总忍不住微微上扬。无论风雪多大，无论前路多难，有人守候，有灯点亮，就是最大的幸福了！

第四辑　青天外

情系袜底酥

第一次吃到袜底酥，是读小学的时候，邻居从老家回来带的。透明的简易塑料袋里，满满当当地装着金黄的袜底酥，邻居还说半边是咸的，半边是甜的。

说实话乍一听到这个名字，还以为和袜子有关系，试探着往袋子里闻了闻，一股芳香钻入鼻翼。拿起一块甜的来，倒还真像鞋底模样，轻轻掰下一小块，咔嚓一声碎屑应声而落。放入口中，稍加咀嚼，香脆的口感充实着味蕾，甜而不腻。再掰了一块咸口的，上有葱花点缀，更觉爽口。不知不觉就把两整块袜底酥吃得干干净净，手上的点点碎屑也舍不得扔掉。

就这样，“袜底酥”这个小吃成了我儿时记忆中的绝佳美味。每次知道邻居家要回老家，我心里就暗暗期待，邻居阿姨仿佛是看透了我的小心思，每次回来总会给我带满满一袋子的袜底酥。

后来小学毕业了，家里带着我去周边镇上玩。路上闲聊才知道邻居的老家就在这个镇上，曾经以为的遥远，忽然之间就变得触手可及。镇子古色古香，不少民房都支开了铺子，卖当地的风味特产，袜底酥就在其中。

正好还有店家在自己做袜底酥，我好奇地驻足观赏。店家是一对中年夫妻，手艺是一辈辈传下来的。招牌上贴着电视台采访的照片。只见男人熟稔地用油酥和面团，白嫩的面团在他的手中来回翻滚。他说这也是功夫活，只有揉得完全均匀，烤出来的袜底酥才能既薄又酥脆。

烘烤的炉子也是历经岁月打磨，有的地方都光滑得仿佛能掐出油来。男人将面团搓成长条，包上馅心，分成大小均匀的小块，再把一块块面团擀成袜子的形状放进烤炉。面坯放进去后，他时不时看两眼，多年的经验使他的心中自有一座钟。“叮”钟响了，袜底酥也好了。新鲜出炉的袜底酥光泽饱满、两边金黄中间鼓起，整条街都弥漫着香甜的气息。

最后一步是点睛之笔——撒上不同的作料。原来袜底酥的口味这么丰富，还有椒盐和五香的。我每种口味都来了一块，边走边吃，快乐得像是实现了什么巨大的梦想。

后来邻居搬家了，算起来也十来年未见了。我也长大了，去的地方多了，发现几乎每一个古镇都会有袜底酥，网上也买得到了，想吃随时可以吃到，但心中那份期待不见了。袜底酥没有变，也许是繁杂的物质多了，简单的快乐少了吧。

夏日里的碎碎冰

最近这几天气温极高，有直逼40摄氏度高温的架势。马路上难得有几个撑伞而过的行人，也是步履匆匆、满头大汗。地面像是在散发着蒸汽的炉子，烧得树上的叶子耷拉着脑袋。远处，几只蜻蜓低飞，笨重的身体重重地掠过湖面。只有树上的知了们不知疲倦地叫唤着，听得我越发觉得闷热，急需降温降火。

正好路过一个便利店，心想还是去买根雪糕解解暑。一进门就是凉爽的空调，在冰柜里随手拿了一根，还没吃上心里早已美滋滋。没想到结账时传出“支付宝到账25元”的电子语音，我吓了一跳。一根雪糕竟然这么贵，被雪糕“刺客”宰了一刀，心情瞬间有所回落。

温度高，雪糕融化的速度很快。三下五除二，25块钱就没了。吃得太快，除了解暑，其实没吃出什么特别的味道来。不禁想起儿时，夏天买一根碎碎冰只要花一块钱，还可以掰成两半，可以吃上老半天，又凉快又解馋。

记得那时村口有个小卖部，我们一帮小孩跟着大孩子们去买零食。虽然手里只有紧紧攥着的五毛硬币，可还是在货架前郑重地左看看、右看看。到了夏日，就和伙伴凑成一块钱，到冰柜里拿一根碎碎冰吃。折成两半，正好一人一半。一边吃，一边踩着雨后的水坑，不亦乐乎。

后来我上了小学，夏天放学是我最期待的时候。爷爷骑着三轮车来接我，车把手上总会挂一个红色塑料袋，袋子里有一根碎碎冰。我坐在后座，一边吃着碎碎冰，让脚在外面晃荡，一边和爷爷说着学校里的趣事。到了上坡，爷爷总不让我下来，我就卖力地吆喝着“加油”，爷爷一鼓作气骑上来，路上洒满了祖孙俩的欢声笑语。

等上了高中读了大学，解暑花样也多了起来。时髦的同学会约着去吃哈根达斯、点加冰奶茶、吃舒芙蕾。当然冷饮的品种也多了，榴梿雪糕、文创冰激凌等，价格也水涨船高。也有不少冷饮随着需求的减少慢慢消失不见，市面上已经很少能见到一两块钱的冷饮了。

我想了想，顶着酷热转头回了那家便利店，在冰柜里翻找一圈。碎碎冰真的还有，只不过压在了最下面。一扫二维码，价格依旧亲民。

天气依旧炎热，我提着满满一袋子碎碎冰，虽然重，但是心情愉悦。爷爷正好在树荫里乘凉，我拿出一根掰开，爷爷一半，我一半，再聊聊我儿时的往事。碎碎冰就像是一首朴实无华的歌，给我们送来惬意的清凉，让我们感受分享的喜悦。

蒲扇里的清风

嘀的一声，停电了，房间里的空气一下子热起来。小区群里通知是电路损坏，需要检修，起码要个把小时。这么热的天，家里热，外头也热。家里娃还小，一热就容易起痱子，我正发愁该怎么办。

这时救星来了，老妈拿着两把蒲扇跑了过来。我们就一头一尾给小家伙扇扇子，就这么扇着扇着，手酸了，就换一只手继续扇，虽然累却甘之如饴。清风来了，小家伙舒服得左右蹬腿，瞪着大大的眼睛盯着我们手里的蒲扇看，伸出肉肉的小手还想来抓。

手中的蒲扇陪伴了我很多年，有不少岁月的痕迹。外面一圈的包边条，老妈已经缝补了好几遍了，细密的针脚一层摞一层。叶片硬度虽不减，却还是泛起点点黄斑。尽管如此，老妈还是舍不得丢，把它放在阁楼里，这次果然派上用场了。

我和老妈相视一笑，聊起我儿时停电的往事。也是炎热的夏天，没有空调，也没有风扇，热得我直跳脚。老妈把凉席铺到门口，让我躺在上面，拿一把蒲扇，给我不停地扇。慢慢地，我进入了甜甜的梦乡，没有蚊子，没有炎热，只有一阵又一阵清凉的风在四周环绕。

那时几乎人手一把蒲扇，停电的日子也多了几分热闹。傍晚停电，村里的邻居们就会端着饭碗到外头吃，有的穿着大裤衩，有的穿着大背心，坐在板凳上边吃饭边扇着蒲扇聊家常。那时天气虽热，但等待来电的心情没有那么着急，总觉得时间过得很快，到处欢声笑语不停歇。

后来，大家伙爱上围坐一起谈天说地的日子，因此哪怕不停电，大家也会默契地和停电时一样，拿着蒲扇、端着饭碗坐到外面吃饭聊天。几乎每天我放学回家的时候，都能看到板凳排排坐，大家热络地拉家常。边聊，边用手里的蒲扇扇扇腿扇扇肩膀，赶一赶蚊子，松动一下绷紧的肌肉。

再后来，家搬到了镇上，周围都是钢筋水泥、高楼林立。遇到停电，也是去附近的商场避暑，很少有儿时温馨的画面了。没有停电的日子，也是宅在家里吹空调，耐不下性子扇扇子了。

嘀的一声，电来了。我低头看了看睡得香甜的小家伙，一股幸福的暖意涌上心头，手中的蒲扇继续扇着，扇进他香甜的梦里，扇进他的记忆里，带着我对他浓浓的爱。

一勺甜饭忆乡情

周末亲戚家孩子过百日摆宴席，桌上满满当当都是精致的饭菜。一桌子各种变着花样的菜品，名称有特色，摆盘也非常精致。奶奶举着筷子，都不知道吃什么，只张着嘴乐呵呵地瞧。

来了一道甜饭，还是小时候的模样。亮晶晶的糯米，上有红丝、绿丝点缀，里面包着甜蜜蜜的红豆沙，挖起一勺送到嘴里，嘴角忍不住地上扬，“是这个味道啊。”

不禁回忆起儿时的吃席，饭菜很简单。男女老少聚拢在一处，热闹极了。女人们还要相帮，聚在一起边闲聊家常，边把自家种的蔬菜择干净。男人们帮忙传菜，忙活好了吃一口花生米、抿一口小米酒，惬意极了。孩子们吃好饭，就去赶鸡棚里的鸡玩了。

甜饭算得上是孩子们的最爱了。那时家里条件差，自家种的大白菜炒一下就着米饭就是一顿中饭，晚上把剩下的米饭浇一勺酱油炒一炒，香喷喷的酱油饭就是一顿晚饭。每逢吃席，我最期待的就是那一碗甜饭了。我人小，够不到桌子，奶奶总会帮我舀两大勺甜饭到碗里。

后来家里条件好些了，奶奶会给我做甜饭吃。盛一小碗糯米，用清水浸泡上一夜，第二天，将米清洗干净，再舀上几碗水，淋上一勺蜂蜜，放到锅子上煮。另一边，在碗里涂上一层薄薄的油，把大枣、葡萄干铺在碗底。等饭蒸到七分熟，奶奶用木勺将甜饭挤压几分钟，再盛入碗中，倒扣出来，就是一碗完完整整的甜饭了。这样做出来的甜饭，那叫一个软糯香甜，每回我都吃得直打嗝。

百日宴上，菜还在继续上着。我给奶奶舀了两勺甜饭，奶奶还是和以前一样，摆摆手说："我不爱吃，你吃你吃。"我知道，甜滋滋的饭奶奶哪里是不爱吃，只是想把所有她觉得好吃的东西都留给我。想到这里，我把一勺甜饭送到奶奶嘴里，奶奶细细嚼来，爬满皱纹的脸上溢出大大的笑容。

百日宴还在继续着，曾经相帮的奶奶们互相手拉手聊着天，曾经传菜的爷爷们手颤巍巍地举起酒杯，恍惚间又回到了那段简单岁月。望着桌上吃得干干净净、依旧是孩子们最爱的甜饭，我想时代也许会变，但是浓浓的乡情一直都在。

旧时光里的“共享”电视机

二十世纪六十年代，村上有好几千村民，家里条件都很一般。大家基本靠干农活、捕鱼为生，对于外面世界的了解，更多的是外出打工的人回来，和大家有声有色说的镇上的生活，也是那个时候我才知道了有电视机这回事。

第一次见到电视机，是村委会添的那台。那个时候几乎所有村民，无论老的还是小的，都挤在村委会的门口，手里提着板凳，都想早点看到电视机的模样。那个时候我还小，倒是一下子挤进去了。红色布头罩在电视机上，现在看来小小的屏幕，那时只觉得好新鲜、好神奇。村支书站在一旁当守护神，忙说：“大家别急，村里还要研究通线路，通好以后请大家都来看。”

热闹了好一会儿，夜深了，大家才四散开来。从此大人小孩心头多了一份惦记，就是什么时候电视机可以打开，让大家看到外面世界的样子。隔三岔五，我就跑去村委会，问村支书进度，村支书就会给我一颗糖，让我坐着看搭线。一次，我又去看。不一会儿，就听见村支书激动地喊“来了！来了！”，还拍着我的后背，让我去巷子里喊大家来看电视。

呼啦啦一阵脚步声响起，大家争相来到村委会门口。孩子们席地而坐，大人们把能站的地方站满了，犄角旮旯里只能单脚站立。经过调试，电视机里出现了画面，大家一阵惊呼，完全听不到电视机里的声音。村支书嘘了一声，大家瞬间恢复安静，一个个瞪大着眼睛，恨不得钻进电视机里。

天黑了，蚊子多起来，大家也想不到拍。一个个困得眼皮子耷拉下来，才收拾收拾回家去，不过早已约好明天晚上还来看。自此以后，看“共享”电视机成了大家劳作一天之后最快乐的时光。外面的世界与我们不再遥远，高楼大厦、时兴的衣服、文艺表演等变得近在咫尺，村里的谈资也多了起来。

后来，日子好了，家家户户开始普及电视机了。吃过晚饭，洗一个热水澡，抓一把瓜子，舒舒服服地坐在藤椅上，用不着和整村人挤在小小的空间了。听着电视机里的新闻播报声，听着听着就睡着了。

再以后，路也修好了，年轻人为了谋生去了外地打工，留在村里的多是老人。老人们简单种种菜，不劳动的时候就坐在电视机前面，一坐就是一天。看什么不在意，期盼的眼神透过屏幕流露出一丝失落与孤单。

现在想来，虽然当时生活条件不好，整个村只有一台电视机，只能大家“共享”，但那些旧时光是多么珍贵，那些朴素的快乐是多么难得。

爱是一碗粥的温度

不知为何，娃这几天拉肚子，每次换尿不湿的时候总是胆战心惊。因为是母乳喂养，所以怀疑是自己吃了什么东西导致的，自责得很。实在没辙，开始忌口，喝粥、啃馒头，虽然淡而无味，却也甘之如饴。

接下来的每个清晨，父亲都会早起给我煮好粥，热好母亲提前做的馒头。有时是白粥，有时是黑米粥，有时是杂粮粥，父亲总是变着法儿给我换花样。晨起一杯白开水，再来一碗粥，整个人都精神了，胃也暖暖的，仿佛回到了儿时。

记得儿时生病，老人都说喝粥好。冬天早起上学，每天喝上一碗热腾腾的白粥，嚼两根母亲自己腌制的萝卜条，瞬间手心暖暖的，胃也暖暖的，舒服极了。出门时，不再怕四面袭来的寒风，感觉身体也轻盈了不少。

还有那些稀松平常的冬日傍晚，大人出门干活未归，我只要去灶头间，一打开罩子就会有一大碗热乎乎的粥守候着回家的我。那时，家里没空调，我手脚冰凉，此时的粥就是最贴心的御寒食物。我用双手捧着碗，时不时暖暖冻红的脸颊，疲惫的身心得到极大的抚慰。等大人们回到家拾掇晚饭，我在一边写作业，有时父母会问起学校里的事情，空气里弥漫着温暖平和的氛围，幸福极了。

后来长大了，住到镇上，生活条件也好了，早餐变得五花八门起来，父亲煮的粥不再是心头好了。生煎包、粉丝汤、肉粽子、大馄饨等，每周七天连吃不带重样的。难得吃腻了，才会想到喝一碗淡淡的粥换换口味。

老话说:“不听老人言，吃亏在眼前。”现在也有了深切的感受，比如喝粥这件事情。母亲说忌口试试，一开始我还嗤之以鼻，现在的我只要怀中的他少受一点罪，哪怕是极小的可能性，我也要尝试，因此开始重新养成喝粥的习惯。

不知是吃的益生菌起了作用，还是忌口到位了，娃终于不拉肚子了。我想等他长大了，也要告诉他养成喝粥的好习惯，懂得淡淡的生活也可以有不一样的甜蜜滋味的道理。

一碗绿豆汤，清凉一整夏

这几天高温，吃饭都没什么胃口。今天中午，一看手机上的天气预报，竟直逼40摄氏度。去食堂排队吃饭，一路上热烘烘的，眼睛被刺眼的光线照得睁不开，大颗的汗珠闷在衣服里，很难受。到食堂吹了一阵空调，才缓过神来。

一看，今天有清凉解暑的绿豆汤，心情莫名舒畅。打好饭坐下来，第一件事情就是先喝上几口绿豆汤。甜而不腻的薄荷汤水丝滑入口，再嚼两口软糯绵密的糯米，让原本没有胃口的我，一下子觉得肠胃舒坦了，置身于清凉之境，炎炎夏日仿佛相隔千里之外。

食堂做的绿豆汤花样比较丰富。汤里面有百合、薄荷、葡萄干和绿豆，吃起来口感丰富，有入口即化的，也有嚼劲十足的。打绿豆汤的是一位大爷，总是挥挥手，给每一碗都盛得满满的。有时觉得喝一碗不过瘾，再去拿一碗，大爷也是大手一挥，再倒上一碗。

边喝边想起儿时奶奶做的绿豆汤。奶奶做的绿豆汤比较简单，内容没有那么丰富，却是记忆中每年夏日难得的解暑神器。每次我摇着奶奶的手，念叨想喝绿豆汤，奶奶就会笑笑刮一下我的鼻子，转身去找绿豆。

等待绿豆汤的时间很漫长，却有盼头。绿豆经过浸泡、熬制，绿豆汤慢慢成形。我抱着膝盖坐在凳子上，看着锅中的气泡不停翻滚，不争气地咽口水。煮好的绿豆汤还需要加入清凉的薄荷水，再放到冰箱里凉一凉，这样做出来的绿豆汤汤水清澈，下面的绿豆却是沙沙的口感。

日子是甜甜的，绿豆汤也不例外。奶奶知道我爱吃甜，就会多放几颗冰糖。有时还会有糖冬瓜、红丝、绿丝，颜色鲜亮，咕噜咕噜灌上一大碗，凉快极了。再偷偷吃一块冰糖，兜里再放一块冰糖，感觉幸福极了。绿豆汤带来的味觉体验是丰富的，满满的凉意与满满的甜味融合在一起，构成我童年夏日专属的美味。

俗话说："大暑小暑，上蒸下煮。"又是一年盛夏，正好我在给娃读经典绘本《妈妈买绿豆》。我想等他长大了，我也要学着奶奶的样子，给他煮一碗绿豆汤，给他一份充满凉意和甜味的夏日记忆，给他一个充满简单快乐的童年时光。

毛线里的童年

周末整理衣橱，把冬天的衣服收拾出来，有好几件颜色鲜亮的毛衣，我已经不好意思穿出门了，美其名曰喜欢低饱和度的色调。细细一看，有两件是奶奶亲手织的，不禁想起儿时毛线里的童年时光。

寒假的时候，奶奶陪我多一些。冬日无事时，奶奶就戴着老花眼镜，坐在凳子上理毛线，我在一旁帮忙。说是帮忙，实则越帮越忙，毛线都结成死结了。奶奶挥挥手，让我一边玩去。我一边听着北风从阳台门缝里钻进来，嘶嘶嘶的，一边偷偷啃上一根香甜的玉米，开心极了。

奶奶的眼睛就是这么织坏的。小时候家里条件不好，一年到头新衣服也就买一两件。奶奶心灵手巧，想到自己买毛线织毛衣。她的双手就像是变魔术一样，用几根竹针把一团团各种颜色的毛线织成不同样式的毛衣。虽然有的毛线是从市场上淘来的次品，不够织一件毛衣，奶奶就通过搭配，织成鲜亮好看的毛线袜子、围巾、背心等。严寒的冬日，我穿戴着出门上学的时候，总是迎来同学们羡慕的眼神，身子也暖洋洋的。

那时我们学校有自然课，要做各种手工。老师布置作业，要每个人交一个作品。有的同学说做直升机，有的说做蝴蝶标本，知道家里条件的我焦头烂额，不知道该做什么好。奶奶大概看出了我的心思，拉着我的手说：“奶奶可以教你打一个小包包。”我眼睛一亮，好主意！

然后周末我就缠着奶奶教我打毛线包，两根针一拿，还挺有模有样呢。看似简单的一个小包，对我来说也是艰巨的挑战，手忙脚乱的。最后在奶奶的耐心教导下，终于一个粗糙的大红色毛线包完工了。我揉了揉眼睛，真酸啊。

才领悟过来，奶奶这几十年如一日的编织，真是付出了海量的时间与精力。每隔一段时间还要拆了旧的，然后再织出一件新的。奶奶就这样在一个又一个独坐的光阴里，将对家人的绵绵爱意一针一线地织进毛衣中，也传递给我们小辈无尽的努力与坚持的力量。

我摸了摸手中的毛衣，重新折好放回了衣柜。也许，时光增加了奶奶脸上的皱纹，带走了奶奶的好眼神，但儿时那些有奶奶陪伴的画面、与奶奶有关的快乐的记忆，将一直镌刻在我的脑海中。

夏日凉味面

每到夏天，就怀念起凉味面来，简简单单的一碗面，最适合夏日没胃口的时候解暑了。

自家擀的面条，放到沸水中煮，煮好后泡在冷水里，凉透后捞出放入碗中。花生酱和芝麻酱按比例调制，再加上生抽、香油、香醋、糖搅拌均匀，特制的麻酱调料就调好了。再切好胡萝卜丝、咸菜丝、黄瓜丝，齐齐整整地码到面条上，把麻酱料细细地浇在上面，一碗凉味面就出炉了。吃的时候根据自己的口味，还可以单独加醋或者加辣椒，总能满足挑剔食客的味蕾。

印象里，小时候第一次吃凉味面，是邻居阿姨做的。邻居阿姨一家从陕西过来打拼，也扎根很多年了，和大家关系也很好，有时候做了特色小吃会给我们分享。附近一圈的孩子们都亲切地叫她凉面阿姨。

邻居有自己的可移动式小摊，每天大清早夫妻俩就备好食材、擦好车子，开启一天的忙碌。招牌写着正宗陕西凉面。马路旁、学校边、工地旁，都有过他们的身影。他们从不喊苦喊累，因为忙意味着可以多赚钱。有一次家里人有事，来不及回来做晚饭，就给邻居打电话，问晚上收摊的时候可否带一份凉面给我。凉面阿姨担心收摊回来晚我饿坏肚子，夫妻俩就赶忙骑回来，专门给我做了一份凉味面。

那份凉味面不仅解了我的闷热烦躁，还让我的心里多了一份朴素的感动。回到家的父母听闻这来龙去脉，特别过意不去，不过凉面阿姨还是一副浅浅的笑意，说着没事没事。自那以后，我们家的桌上时不时就出现凉味面，尤其是夏天，大家都爱上了这个解暑的美味。

凉面阿姨也知道邻居们照顾生意的好意，她也从不吝啬其他的好手艺，生意越做越好。记得多年前的一个夏日傍晚，夫妻俩早早收摊，在空地上摆好桌子凳子，招呼大家伙过来吃小吃、品凉味面、讲故事。原来经过这些年的奋斗，他们终于有了一个固定的店面，虽然不大，但不用风吹雨打，我们所有人都为他们高兴。

那一晚，微风习习，蝉鸣阵阵，所有人笑意盈盈。凉面阿姨热爱生活、用心爱人的品质，在一碗又一碗凉味面中尽情体现。现在回想起来，还有一阵暖意浮上心头。

小巷海棠糕

儿时去街巷与朋友玩耍，总是会流连于海棠糕浓郁的香味里。它不似李渔在《闲情偶记》中说的“糕贵乎松，饼利于薄”的模样，海棠糕吃到嘴里的口感没有传统糕点那般松软，用的是豆沙馅，有一面的皮还是略带焦色。不过也正是这种特别的味道，成了我儿时的美好记忆。

海棠糕由来已久。《苏台竹枝词》咏道：“绣带盈盈隔座香，新裁谜语费思量。海棠饼好侬亲裹，寄与郎知侬断肠。”随着时间的流逝与时代的变迁，这类传统小吃在城市里已经很难见到，有制作手艺的老人们也越来越少。

听朋友说，镇上一条小巷里，常年有一个卖海棠糕的小摊。当地人都说没有比小巷海棠糕更正宗的海棠糕了，每天下午一点到四点左右，都能看到很多客人围着小摊，等候着一炉炉热腾腾香味四溢的海棠糕出炉。

我与朋友信步而至，果然有一位老师傅正在制作海棠糕，不大的小摊，简单地挂着一如既往的实惠价格，四周早已围了不少食客。抹油、舀面、加料、翻豆沙、撒配料、翻盖、出锅，老师傅一套动作下来可谓是行云流水。用的模具也特殊，分上下两块铁盘，各有七个大小一样的圆形凹槽，一个在中间像花蕊，其余六个围着一圈，形似海棠花。

有与老师傅相熟的，就闲聊起来。原来老师傅这制作海棠糕的手艺是家传的，看似简单，烘烤火候却全凭经验。老夫妻俩几十年下来一直坚守如初，练就了娴熟的技艺，多难的时候都守着这小摊，用料实打实，却不涨价。也许这已经不单纯是一个糕点，这背后的情感、传承更让人动容。

咬一口刚出炉的海棠糕，口感分外香甜。表面撒着饴糖，呈现咖啡色，和儿时吃的并无区别。我们一边吃着海棠糕，一边看着小巷边依旧保留着传统特色的老建筑，仿佛回到了儿时无忧无虑的快乐时光。

回望小巷，老师傅依旧忙碌在锅子旁，食客心满意足地拿到海棠糕后，也慢慢散去。不知道这传统糕点会不会被时代慢慢淡忘，希望以后的孩子们依旧能品尝到海棠糕的美味，依旧有机会领略传统手艺的魅力。

写在扉页的爱

一个寻常周末的午后，儿子睡熟了，我才有工夫整理家里那一大面书柜。若是看到有意思的书籍，兴致来了，就翻出来读上两页。房间里空气静谧，浅品一口清香淡雅的茶水，独享这久违的美好时光。与书相伴，沉浸其中，那叫一个自由自在。

翻出一本书，翻到扉页，发现一行熟悉的字迹。细看，原来是父亲写的，“一九九九年八月，购于新华书店”，落款是我的名字和当时的年纪。字迹刚劲有力，虽时间过去了二十多年，笔锋依旧清晰可见。又随手翻找了几本书，都是如此。

记忆一下子回到一九九九年。那时的我才六七岁，刚上一年级。父亲常带我坐113路公交，一路颠簸去市里，去书店一坐就是半天。我们各自去找喜欢的书籍，找个安静的角落，坐在地板上读，最后意犹未尽地选几本书离开。回家的公交车上依旧颠簸得厉害，我抱着书籍在胸前，熟熟地睡去。

到家第一件事，就是洗干净手，和父亲一起把所有书放在书桌上一字排开。父亲从笔架上拿出墨水笔，心满意足地写上一行字。写好了，自然风干后，两个人面对面坐在桌前，看各自喜欢的书。父亲会拿着笔做摘录，小小的我虽还不会写字，却也喜欢学着父亲的模样，拿笔在书上画圈。

长大以后，忙着读书、工作，很多书放置在那里落灰，很少再次翻阅。尤其在外读书那几年，少了与父亲的交流，每次打电话回家，也是母亲接的多。父亲简单说几句，就说“换你母亲接”。哪怕毕业以后回到家乡工作，多数时候父女之间也不太会表达爱、流露爱。

今天翻开书才发现，父亲对于我点点滴滴的关怀，藏在每一本书的扉页中。从我出生的那年起，父亲买回来的书落款就从他的名字变成了我的名字，一年不落。哪怕是长大了、结婚了，父亲也依旧用刚劲有力的笔尖写我的名字和岁数。一行又一行看似简单的字，饱含着父亲对我深沉的惦念。

“当时父母念，今日尔应知。”现在的我，有了自己的孩子，也渐渐明白父亲深藏在心底的爱。也给儿子买很多书，也在扉页写上他的名字，希望有一天，也是一个静谧的午后，他翻出当年的书籍，也能发现光，发现爱。

生活无需摆拍

自从有了娃，家里东西越来越多，空间越来越挤。特地抽时间大搞一下卫生，顺带整理些杂物出来。一看房间角落里有好几个大纸箱子很占地方，一下子想不起来装的是什么。一打开，发现是几大本厚厚的相册，这才恍然大悟，是婚礼、怀孕时拍的各种照片。

拍摄时的兴奋与现在的闲置，形成了鲜明的对比。精美的相框、精致的背景、美丽的妆容，无一不让人心动，在拍摄后更是一股脑地在原先基础上加了很多精修的照片，相册厚重了不少，荷包也扁了不少。可拿到手，除了一开始高频率的翻阅，后来就束之高阁，封面上还多了不少灰尘，还不如手机里的电子照片来得方便、看得多。

原本儿子刚出生时也准备去店里拍照留念。没想到疫情一来就是几个月，店铺也关闭，我们更是几乎足不出户。本来想曲线救国，想从网上买或者租一些衣服道具自己拍照，也没成行。带娃的日子鸡飞狗跳，没有多余的时间静下心来摆拍，更何况娃的状态是猫一天狗一天的，根本没办法好好摆拍。

为了留住成长与陪伴的时光，更多的还是直接用手机拍照。没想到一段时间下来，数量很可观。手机内存都快不够了，买了一个硬盘专门存放，边整理边回顾，抓拍的微笑和哭泣藏着俏皮与可爱，令人忍俊不禁。虽然背景略显凌乱，抱着他的我头发也凌乱，但照片中呈现的情绪特别真实与有趣。

至此，就不再想着特意去拍精美的照片来纪念了。没有摆拍，纯自然的生活照更有价值。网上找一家店铺，把整理好的照片发过去，做一本简单的相册。有亲戚朋友来，一起翻阅，聊聊有趣的瞬间，小家伙在一旁乐呵呵地笑，有趣极了。

生活中我们倾向于精致，其实粗糙也有它的美。发自内心的笑比僵硬的笑来得自然，生活化的瞬间比模板化的背景来得令人动容，有参与感的片刻比被动摆拍的一整天来得轻松。

葫芦村里藏福禄

我是土生土长的南方人，家在离上海青浦不远的昆山市淀山湖镇。镇上有一个村，叫六如墩，又叫葫芦村。我出生在那里，也在那里度过了儿时的快乐时光。后来随父母搬到镇上，与村上好友挥手作别，至今已是二十多年，彼此也没了联系，对于儿时的记忆也慢慢淡忘了。但是那一方水乡村落，她的质朴和美好对我日后人生道路的选择产生了长久的影响。

春日好景，我信步至葫芦村。杨柳新晴，和风初露，半分空灵，半分乡愁，水乡意趣仿佛画卷上的水墨，一点一点浸染开来。村里有两个鱼塘，分别是南塘和北塘，俯瞰下去，就像是一个葫芦的形状。水上搭了长长的木桥，九曲连环，静水流深，当地人也唤之“福禄潭”，有祈福之意。往远处望去，一大片初见萌芽的葫芦田映入眼帘。偌大田间，有农人持耙耕种，上前攀谈，得知田里是早些年从北方引进的品种，经历了不少试验，已经入乡随俗，只等到时令，就会挂上满满当当的“葫芦娃”。这番景象每年都会引来大量的游人，给他们留下专属的六如印象。

听村上老人说过关于六如墩的古老传说。六如墩原名缺水墩，相传在清朝同治年间，江南大旱，农户颗粒无收。村上有一陆姓大户乐善好施，开仓放粮。其间，有一位跛足道士来凑热闹，解下身上的葫芦，说只要装满即可。陆员外见葫芦不大，却不想那葫芦深似海，许久不能灌满。跛足道士见状开怀大笑，让乡亲们依次在宝葫芦里倒粮食。其实此人乃八仙之首铁拐李。铁拐李得知缺水墩比临近的村落高出两尺有余，一遇干旱便缺水，于是将葫芦和拐杖扔在村东的空地上，顷刻间，空地上就出现了南北两个池塘和一条连接的小河。铁拐李见陆员外乐善好施，点下金笔给此地改名曰“陆氏墩”。几经变迁，当地百姓又称之为“六如墩”，也叫葫芦村。

几年前，我曾回到葫芦村替爷爷领奖品。只要积极参与村里活动，就能积分，最后可以用积分兑换奖品。简单来说，参加活动频次越高，积分就越高，还可以自由选择兑换生活物品，像油、面、米、牙刷等。虽然东西不多，也不贵重，但是对村上老人们来说，哪怕没有这些物质的奖励，他们参与的积极性也不低。这么一来，村里像是垃圾分类、村民会议、志愿活动等，常看到一个个挂满热情笑容的老人，卖力挥洒着余热，像孩子似的等待着分享年底的糖果，有盼头、有念想。

每逢年底，村支部院子里就会摆得满满当当，像是小仓库似的。老人们一接到小喇叭里通知，早早地就来了。到了那里，也不急着找工作人员兑换积分，反而转身找个长板凳，掏出水杯，三三两两坐下来拉家常。来的都是认识的人，但是有的因为子女落脚在不同的去处，大多中年时就搬去别的地方住，留在村里的不多，能有机会聚在一起更是难得，每次见面，总可以聊上许久。村里拿出好几个大红色热水壶，给老人们杯里的水续上一次又一次，等到日落西山，大家才依依不舍，领上自己的奖品，挥手分别。住得近的，就提着东西走回家，住得远的，骑着三轮车来，还有带上老伴儿一起来的，老伴儿坐在后座的木质小板凳上，隔着很远和年轻时的朋友们挥手，说着“下次还要来”“多来来”。他们的眼神里流露着不常见的光彩，在落日的映衬下如星星闪光。

之前爷爷身体好的时候，三轮车也骑得飞起来。每次和奶奶一块去，在三轮车车把上挂着泡好的茶叶水。到了村里，停好车，两个人就各自找好兄弟、好姐妹去聊天了。爷爷那里，有意无意露出杯中的好茶叶，接收着旁人羡慕的目光。“老蔡，你有福气呢。”爷爷小心翼翼打开盒子，把茶叶倒进大家的杯子里，还招呼：“喝，大家喝，家里有的是。”听到这话，奶奶只回头笑笑。奶奶这边，一个个都已头发花白，只有个别时髦的奶奶染了黑头发、穿着时兴的袄子，你摸摸，我摸摸，引得大家好生羡慕。

后来爷爷身体慢慢变差了，得了帕金森。医生也看了不少，说这病只能延缓，不能根治，症状会慢慢加重，走路像是刹不住车，容易摔倒，严重了还会吞咽困难。一开始村里的活动还能去参加参加，不过也是爸爸开车送过去，结束以后开车接回来。哪怕是这样，每次从村里回来，爷爷精神头都格外好。再后来，爷爷出行就更困难了，去村里的次数也越来越少了。那会儿我正好放假在家，就去村里替爷爷领奖品。我上学一直在外地，所以很多长辈不认识，但是他们一听说是老蔡家的孙女，就都说长这么大了，问老蔡身体如何，让我瞬间融入了这个温暖的怀抱中。我说着“还好还好”“挺好挺好”，看着身边白发苍苍的长辈们，突然心中萌发出别样的滋味。我刚前脚要走，村里人喊住我，说是过几天要来家里看爷爷，祝贺爷爷这个老党员光荣在党50年。

听到这个消息，本来状态一般的爷爷瞬间像是打开了话匣子，说政府怎么怎么好，一直想着他这个老党员，然后接下来的每一天，他都会到门口看过往的车辆，想着哪一辆是村里来的。村里人来的那天，手里捧着好大一束花，还有光荣在党50年的纪念章，爷爷激动得手都在颤抖，让我拍了一张又一张合照。很快，我就把照片洗了出来。照片和奖牌被爷爷像宝贝一样收在抽屉里，时不时就拿出来看，看着看着就笑了，看着看着眼里就落了泪水，嘴里喃喃着："好啊，我们村好啊，我们党好啊。"我知道，虽然只是简单的一个"好"字，其实包含了爷爷这辈人心里最真实的感动。

那段时间，其实是毕业前，我投了不少简历，也经历了不少挫败。当我回到村里，回到故土，清风拂面，一种天然的归属感治愈了我。看着像爷爷一样的老人们在村里受到了关心与爱护，看着村委会的同志们忙前忙后，不计回报的付出，还有和我同龄的年轻人也加入了这支建设家乡的队伍中，迷茫的我仿佛找到了方向。为何只想着出去打拼呢？家乡也有一方可以有所作为的土壤，也有需要我们青年一代发光发热的地方。

就这样，我回到了这个生我养我的地方，成了一名大学生村官，以不同的身份、不同的视角重新回到这个熟悉又陌生的地方。虽然我被分配去了别的社区工作，但是离葫芦村不远。她的故事、传说，在一代又一代村委手中流传下去，她的面貌、发展，正迎来日新月异的变化。而对于归乡的我，她也是毫无保留地接纳。"左瓢右瓢，可盛千百福禄；大肚小肚，能容天下万物。"就像葫芦村的一个个葫芦一样，包容万物，承载福禄。三年村官，我也被滋养着，褪去青涩，逐渐成长，也出了自己的第一本书。

说来惭愧，之后由于工作原因，去了隔壁乡镇。忙碌的工作、烦琐的生活，使我太久没有亲近葫芦村，太久没有沉下心写作。但幸运的是，家乡人时刻惦记着我这个再次“离乡的人”。时隔多年，我又有机会来到葫芦村，来到这个承载着老一辈人青春岁月的村落，来到这个曾经感动我、影响了我人生方向的村落。这次回村，主要是参加文学助力乡村振兴计划活动。这个系列活动的第一站在淀山湖，就在葫芦村。当我和作协的老师们一同踏上葫芦村的木桥，感受葫芦村的微风拂过，心里再次翻涌起不同的滋味来。回到家，心情久久不能平静，终究在夜深人静之时，打开电脑，记录下专属于我记忆中的葫芦村，道一道这个有诗意、有情怀的南方村落。

有水有田有乡愁，目光所及皆风景。近年来，葫芦村先后被命名为江苏省特色田园乡村和苏州市美丽村庄示范点。这次看到的葫芦村，不仅风景焕发出新面貌，还衍生出不少精美绝伦的葫芦艺术作品。老话说得好：“葫芦村里藏福禄。”小小葫芦，其貌不扬，但也是中华民族的文化符号。每到葫芦成熟的季节，师傅们就会精心挑选成熟成形的葫芦采摘下来，挨个去皮后悬挂起来，让它们沐浴在和煦的阳光下晾干后，开始雕刻创作。经过雕刻、烙烫、彩绘、勒扎等种种工序，普通的葫芦变得特别。有的是桃花翩跹，有的是潭边鸭儿结对，无一不栩栩如生，令人啧啧赞叹。前来观光的游客纷纷驻足停留，把心头的乡愁留下来，把美好的寓意带回家。葫芦村的葫芦们带动了旅游经济的发展，吸引了一波又一波的游子归来，更是给村民们的生活送去了新气象。

葫芦村有新乐趣，农家乐里饱口福。葫芦村的农家乐也是一绝。路边是一排又一排的本土农家乐，大多是自家农房翻建的，正对着大片的农田。厨房里河虾、白水鱼活蹦乱跳，那叫一个鲜美。还有用传统手艺做成的烂糊面、菜塌饼，自然美味，毫无添加，那叫一个绿色。除了可以坐下来赏景、吃传统的美味，饭后也可以在村头寻一缕咖啡香味，来上一杯浓郁香醇的“小爱咖啡”。葫芦村照顾到不同的来客，或者说每一位来客她都当成自己的亲人，中式的、西式的不同口味她一一照顾妥帖。在这里深吸一口气，拥抱静美空灵的自然气息，能让人忘却烦恼、忘却忧愁。这也正是每一位来客离开时频频回首，而后又多次光顾葫芦村的理由吧。

葫芦村变身新农村，农房翻建有奔头。如今村里清一色都是三层高的楼房，皆是中式风格，简约大气，黑瓦白墙，不失水乡特色。村民住得宽敞、住得舒心，不少在镇上、市里工作的人们，也开始经常带着孩子们回家住住。尤其是周末，他们带着生活在钢筋水泥中的孩子们回乡看一看葫芦村的风光美景，自己跟在后面，也重新走一遍儿时的路，回想曾经的梦想，回想当年的稚嫩，自己也会会心一笑。葫芦村治愈了一颗又一颗疲惫的心，让他们到了周一，又能充满热情地投身工作与生活。“晨兴理荒秽，带月荷锄归。”不少村民还保留着这传统的习惯，在镇上政策的支持下，每家每户有和美庭院，院子里是花苞初绽的各色花团和鲜嫩欲滴的纯天然青菜。老人们有事情干，也能干得开心。

葫芦村萌生新诗意，“文学乡建”有美好。这次文学助力乡村振兴计划活动首站选在淀山湖，意在能于这片有浓厚乡土气息的新村中，找寻更多有情怀的乡土写作者，以文字为笔，以诗意为墨，画出一张张引人入胜的写实版《归园田居》，把诗与远方写下来，把爱与乡愁留下来。我真心希望，有越来越多的伙伴可以来葫芦村看一看，在这里，总能在哪个角落找到自己心灵的落脚点，总能在繁忙的尘世中不自觉地慢下脚步。我更希望有更多爱好文学的伙伴可以来这里瞧一瞧，总有一处可以激发创作的灵感，总有一处可以触动潜藏深处的记忆。在葫芦村的时间可以很慢，慢到可以从阳光明媚静坐到落日黄昏。也可以很快，快到可以骑上自行车肆意感受迎面的风和光。

回到家，我把拍的照片一一给爷爷奶奶看，听他们聊着往昔的岁月，不知不觉聊到了很晚，听的最多依旧是一个字——“好”。

葫芦村里藏福禄，那叫一个好！

普惠抚“银”心

深秋时节，落叶泛黄，清风拂过，落于肩头。这天阳光明媚，想着正好有契机，可以去社区走一走、看一看。于是，便脱下高跟鞋，换上轻便的运动鞋，开始了半日探访之旅。

到集合地，社工站的社工们已经在热火朝天地忙碌中了。这次的主题是探访居民家中适老化改造的情况。慈善公益日筹来的物资正好派上用场，小抹布、钢丝球这些，虽然是小物件，不值什么钱，但是也是一份暖暖的心意。

一同前来的还有银行的党员们。社工站和银行是党建联盟单位，这次正好也来一起参与。银行的小伙子们个个精神饱满、摩拳擦掌，等着我们介绍开展情况。

“感谢大家来参与这次探访活动，我们已经分好组了，大家可以根据手中的材料进行实地探访。”说完，我招呼大家坐下。“那我简单介绍一下这个项目，是针对老年人，尤其是高龄、残疾等老年人开展的惠民项目，像安装警报器、洗澡凳等。”我就着手中的材料介绍道。

“我们银行带了一些防诈骗的宣传手册，感谢民政部门组织的这次公益活动，也正好做个宣传。”银行那边的负责同事说道。

“这是个好项目啊，我父亲家里也安装了，老头直夸呢。”一位社工说道。

“是的，今天我们主要探访的目的是看一看前期安装是否到位，如果有需要维护的到时候一起汇总给我就行，感谢大家！那我们就分组行动吧。”说罢，我们简单在门口合了一张影，就分别到老人家中了。

我和社工小徐分到的是镇中偏南的一个小区，有8户要探访。小区里的人们看着我们穿着社工服，都朝我们笑着招手，热情地问我们去哪户人家。所以，我们很顺利地找到了老人家中。

印象最深刻的是住在电梯房的一户老人。我们敲门，过了好一会儿才有动静，一看原来是腿有残疾。老伯拄着拐杖，乐呵呵地迎我们进门，说着“不用换鞋”。一进门，发现老伯虽然一个人住，双腿只剩一条了，但是家里收拾得很干净。

老伯说：“现在日子好，每个月有人上门搞卫生，叫什么居家什么？”我接过话：“是的，老伯说的是‘居家上门服务’吧，客厅里真是挺干净的。”老伯点点头：“对对对，小姑娘我和你说，我现在每个月有尊老金，有残疾人补贴，还有退休金，还要啥呢，用得够够的。”

我们一边聊着天，一边请老伯带着我们看了改造的地方。卫生间扶手、洗澡凳都装好了，我试了试，宽度挺合适，也比较稳定。

再坐下来聊了一会儿天，一看时间快到中饭时间了。社工小徐问：“大伯，我看您精神也挺好，平常自己做饭吗？”

老伯刚要张嘴说话，只听到门口响起咚咚咚的声音。老伯神秘地笑笑：“你们听，这不就来了。”

我和小徐正好准备出门探访下一户，和老伯一起开门。门口小凳子上多了一个饭桶，还冒着热气。我反应过来，这不是民政日间照料的送餐服务嘛。正巧问问“客户”感受。

“老伯，这饭味道还可以吗？”

老伯点点头："不错的，米饭软软的，适合我们老年人吃呢。"

离开时，老伯拄着拐杖在门口目送我们，一只手拄着拐杖，一只手提着饭桶，脸上洋溢着幸福的笑容。这场景让我心中也充满了感动，我想这是作为民政人独有的价值感和幸福感。

我们走在阳光下，落叶飘落在脚边，手机提示运动步数已经过万。虽然一上午水也没来得及喝上一口，脚也走得有点酸，但是获得的继续在民政这条道路上前行的动力是无穷的。

一顿饭、一个扶手、一块抹布，点点滴滴都传递着对老年人的关爱，更是民政事业、养老事业的一个缩影。

云山云海

一

印象中，爷爷行动总是很“卡”。有的时候动得快，整个人斜着身子往前冲，上半身的肌肉带着下半身；有的时候动得慢，一百来斤、一米七多的身量，像是被石块卡住的发条，动弹不得。爷爷的状态就像秋日的云，无风的时候停在一处许久，似山，静谧且沉重；起风了，云就翻涌起来，向着一个方向不管不顾地冲去，似海，阴郁且汹涌。

老夫妻俩住在车库对门两小间屋子。一间用来住，床和卫生间很近，为起夜方便，还有衣橱、电视机、书桌，麻雀虽小，功能齐全。旁边一间买下来当厨房，一张四方木头桌靠墙放就是操作台，油烟机、灶具也都有，两间加起来也有四十来个平方。

走出车库，小门外就是户外。爷爷与奶奶两个人，几乎总是同一个时间搬个长板凳在门外坐着，看来来往往的电瓶车，看来来去去的行人和云朵。小区里租客比较多，住在一片也熟络了。看到爷爷奶奶坐在门口乘风凉，他们提着塑料袋的手也扬起来，操着一口带着口音的普通话打招呼。“饭吃了吗？”“上班去啊”或者是“饭吃了吗？”“下班了啊”，几乎一直是这两句对话。

没人的时候，就坐着看天边的云发呆。看着看着，爷爷不自觉打起盹来，眼睛不知道什么时候就闭上了，身子的重量慢慢压在一边，口水流下来，流在挂在下巴上的口罩里。可哪怕是半迷糊间，他的腰板还是直挺挺的。

“唉，老头子又睡着了。”奶奶很少打盹，她帮爷爷把口水擦掉，把口罩拉到鼻子下面。口罩是一次性的，但是奶奶舍不得用一下就丢。直到泛黄了、拿不上手了，才会丢掉。口罩紧缺的那段日子，奶奶还会洗一遍留着用。黄夹杂着蓝的口罩，洗干净后一个个挂在衣服架子下面，晒干了收起来，再用一次，奶奶才会安心扔掉，像是物尽其用一样。

爷爷是一下子睡着的，却是慢慢醒的。奶奶要用很大力气，才勉强把他扶正。从天亮到天黑，一天二十四小时，我没有算过爷爷有多少小时是在梦中，又会梦到什么。兴许在梦里，爷爷的腿脚是灵活正常的，兴许又回到年轻时在战场上与战友并肩作战的时光。

下雨的日子，他们就守在车库的窗户前。奶奶在窗户外种了一片绛紫色的小花，雨滴落上去，越发显得灵动。车库离马路很近，撑着伞的路人走过、匆匆的车子驶过带起水花，看着近，但水花是溅不过来的。

晚上雨停了，爷爷也是不出门的。每到七点，爷爷就雷打不动地打开电视机，准时收看《新闻联播》。虽然看不清字幕，但声音大一些，还是可以听得清楚，听着电视机里说着天南海北的好风光、好日子，爷爷开心得自言自语，说着说着又睡着了。

二

好几年前开始，爷爷的衣食住行就都是奶奶做主了。说起来是做主，奶奶其实有说不明白的苦恼。她说自己命苦，年纪大了才嫁给了爷爷，跟着爷爷担惊受怕好些年。还想说下去，爷爷一个手势打断她。“好了，好了，现在日子都好了。”奶奶顺着爷爷。

偶尔他精神来了，说：“我自己来！想当年我啥都不怕。”奶奶犟不过爷爷，只能由着他自己喝水吃药。水洒到裤子上、袖子上，奶奶叹气，刚洗干净的衣服又遭殃了。

所以现在爷爷的衣服都是白色的。一开始我不理解，觉得白色肯定不耐脏。奶奶告诉我，白色的不管多脏，放点漂白粉，囫囵一起揉一揉，洗一洗，还勉强能干净。如果穿的是有颜色的衣服裤子，那放漂白粉也不是，不放也不是。

不过再新的衣服，也禁不起一天好几次的换洗，为此也是想尽办法。一开始爷爷不愿意用围兜，好说歹说才让买了一个灰色的围兜，只在家里才肯用，吃饭时还是有很多饭菜漏到地上、凳子上。奶奶想到用一次性桌布，把一整块桌布撕出四分之一，垫在爷爷脚下，剩下的四分之三重新叠好收起来，下回用的时候再拿出来。

爷爷的脚很沉，挪动像搬重物一样。奶奶得把两只脚分别拿起来，快速地把桌布塞进去，再放下。爷爷吞咽很慢，喉结像是被水泥封住了，看着可以慢慢地动，实际又难以动弹。

“咽下去了吗？”奶奶把一勺饭菜塞到爷爷嘴里，要等很久，爷爷再张开嘴巴，才知道东西吃下去了。所以经常一顿饭要吃很久很久，奶奶自己先随便吃两口，就开始给爷爷喂饭，一勺等五分钟，再一勺又等五分钟。时间在爷爷这里好像变得很慢很慢，等吃好收拾好，睡一觉，又要开始准备下一顿饭了。奶奶无奈地笑说：“以前吃不饱睡不好，现在好了，除了吃就是睡了。”

这几年，爷爷睡梦中还会闹，嘴巴闹，严重的时候人也闹腾起来。大半夜，邻居的狗子也睡了，爷爷不知道做梦梦到了什么，整个人跳起来，把房间里能打开的抽屉一个个翻开，遥控器、垃圾桶里被打翻的垃圾、笔等铺一地，爷爷像是恢复到得病以前，走路嗖嗖的，也不管奶奶地劝说，邻居说好几个人都拉不住他。

“你们快来，我没办法了。”电话那头的奶奶带着哭腔。

“下雨了，他们要来抢东西了，啊！快来啊！”爷爷平时口齿不清，这回倒是说得清楚。

爷爷身上只有一套棉毛衫裤，一把推开奶奶，就往外冲，腿脚灵活得像没有生病。他直直地冲到大门口，冲到停车场，闹得邻居们都出来了。好几个大叔一起上去，才把爷爷拉回房间。

过了好一会儿，爷爷安然入睡，只留奶奶收拾着每个角落。还好这么大闹的次数不多，邻居们也都是热心肠，穿着单薄过来帮忙。只是摇摇头，替奶奶觉得苦。妈妈和姑姑过来陪夜，陪夜的时候爷爷很乖，也不闹，也不吵，听话极了。奶奶摆摆手说：“老头子就盯着我呢。”

“你不记得了吗？”好几个早上，奶奶喂爷爷吃早饭的时候问。

“什么？”爷爷又恢复了迟缓的样子。

“你闹着要去开船，去打仗，你忘记了。”奶奶恼着说道，塞了一大口咸菜到爷爷嘴里。

兴许是真的不记得了。爷爷又把红盒子掏出来，颤悠悠地打开给我看，里面是村里送过来的纪念在党50年的纪念章。爷爷戴在脖子上，让我给他拍照。我一连拍了数张后，翻看着手机里一张张坐在同一个凳子上，绽放的同一张笑脸。

“丫头，我都记得呢。”爷爷笑笑。

三

爷爷年轻时的照片，我没见到过。听父亲说起，当年他到母亲家里拜访，见过爷爷和太太大声吵架，抱怨太太不顾家，光抽烟，不做家务，完全不是现在这副没有精神、慢吞吞的样子。太太就是爷爷的父亲。

那时爷爷刚从部队回来，回村里当了村支书。用奶奶的话讲，从来是大公无私的。有好处，总归想着别人家，自家总归是最后一个轮到。每当家里没米没粮了，她就到灶头间说上一通。

其实爷爷比奶奶读的书多一些，家里条件也好些。奶奶没读过什么书，但是为人处世让村上人都服。有时爷爷不在村上，村上有什么家长里短，都会找奶奶来调解。“哼，要不是我没读过什么书，肯定是个大队长。”奶奶时常这么说。

忙着干村上的活，家里的活爷爷干得少。记得有一年秋天下雨，每家每户都着急收稻子，爷爷忙着帮村里的孤寡老人收，顾不上家里。奶奶只好带着一家老的小的披着雨衣忙里忙外，为此奶奶一直拿这个事抱怨爷爷。“烧饭去。”爷爷叼着根烟，挥挥手，不搭话。

爷爷退休以后去了机电厂帮忙。机电厂有一大排红色砖块砌成的平房，爷爷就在那里帮忙洗车。忙活一天，爷爷会从随身携带的小塑料袋里抓一小把切成一条条细细的肥皂，搓一搓就出沫，手就干净了。奶奶说：“别人都是成块成块往家里拿，你倒好，只给公家省钱。”

爷爷其他癖好没有，只是抽烟厉害，把肺给抽坏了。有一回，咳嗽得厉害，爷爷去医院看。医生说一定要戒烟，不能再抽了，一根都不行。爷爷回到家后，就下定决心不再抽烟了。要知道在这之前，奶奶包括我们唠唠叨叨说了好多回，没有一次戒烟成功的。没想到这回，直到现在几十年过去了，一根烟他都没抽过。每回说到这事，爷爷就夸自己“什么没见过，戒烟，小事！”，奶奶就捂着嘴笑。

我念书没几年，机电厂也关门了，爷爷又清闲了，他可是闲不下来的性子。不知道哪里听到的说是渔船需要人，爷爷又和几十年前一样，不顾所有人的阻拦，带着铺盖和一点现金就去渔船了，大概一年后才回来。一年中，他没有回来过。没人知道这一年他经历了什么。

只有一次下很大的暴雨，奶奶不放心打电话过去。“下雨好大，你要注意安全啊。”奶奶电话里说道。“没事，老太婆，我是谁，我什么也不怕，放心吧。”电话那头传来浪击打船只的声音。要是晚一点挂电话，怕是奶奶要哭出声来。

可是爷爷说不能走，说好的干满一年，就要说到做到。后来听爷爷说，那帮人看爷爷刚来，年纪大，就苦活累活都喊他干。有的人偷拿些废铁、物料，爷爷看到还要说上几句，免不了被孤立。就这样，他一个人在船上，也没有伴，硬是干了一年。

四

一年后，他坐着工友的车回来了。那时我们住的是教师楼，工友说：“你住这里，还到渔船上打什么工。”

回来以后，爷爷就变了，变得呆呆的，讲话也不利索。我知道奶奶是心疼的，她比之前还要用心服侍爷爷。那个时候我们只知道阿尔兹海默病这个名词，常常想会不会是因为在渔船工作一年，让爷爷变得脑子糊涂了。当然，爷爷也少不了挨我们的埋怨，认为他不应该去，不应该管别人拿这拿那。爷爷坐在那里发呆，轻声嘟囔着说:“那我是老党员啊。”

日子继续这么过着。

“爷爷摔跤了，肉都掉了，快开车来。”那天正好我在家，突然接到奶奶的电话，电话里奶奶声音急促，我也来不及细想，立刻开车直接到了地方。也是一个下雨天，爷爷跌坐在花坛边，奶奶拿着一个毛巾捧着爷爷的下巴，鲜红的血渗出来。爷爷愣神了，起也起不来，我只好撑着伞等待家里人过来。

没一会儿，老爸老妈都赶过来了。不能再耽搁了，扶着就去医院缝针了。我没去，他们不让我去。听奶奶说，爷爷下巴的肉都掉下来了，缝针的医生忙活了大半天才弄好。

回到家，大家免不了责备爷爷。“下雨天，你怎么这么不当心。”“下雨天，你就不要出门了。”爷爷还会忍不住去抓下巴缝的线。刚好一些，又要下雨天出去。走路也开始整个人往前倾斜，有时候奶奶抓也抓不住。

老爸喜欢看医学类的书，也是那个时候知道了帕金森这个病。看了种种症状，觉得挺像的。就说服爷爷去市里医院看了下，医生见得多了，诊断下来就是这个病。帕金森这个病是终身的，只能延缓，不能根治。知道自己得了这个病，爷爷就像被霜打了的茄子，也不说话，只是摸着纪念章发呆。

自此以后，爷爷开始吃药。也托很多人问吃什么药比较好，苏州、上海的医生，能问的都问了。问下来也都差不多，美多芭这么一吃就是十来年。病情只能说恶化得晚一点，但是其间还是摔了好几次。我们总说爷爷，可怎么说也不听。为了推迟恶化，奶奶每天雷打不动地给爷爷敲腿、按摩。爷爷挂水，奶奶陪着，奶奶说不用我们陪，她一个人就行了。老妈怕奶奶身体也扛不住，就换了一晚上，爷爷和老妈念叨了奶奶好久，愣是熬到半夜才睡着。

其实老夫妻俩年纪也差不了几岁。奶奶一直精神很好，但像被困住的云，没有自由。她不能看晚上广场的舞蹈，不能去田里种菜，不能放下紧绷的神经安安稳稳睡一觉。“你个老头，就盯上我吧。”奶奶常说。可我知道，奶奶也是习惯了互相的陪伴。

爷爷要吃很多药，每个时间点吃多少药，奶奶一开始还能记清楚，但后来药不断加，她也很难记清楚。我想到商店的海报，就买了两个记号笔，把一大张宣传海报反过来当白纸用，把什么时间吃什么药写在上面。写完才发现基本上是一天四五种药来回吃，某种药有的时候吃一半，有的时候吃一整个。

爷爷越到老，越像个孩子，有时候不愿意吃药。奶奶只好像哄小孩一样，往水里放蜂蜜，或者把药夹面包里，或者趁他不注意，和在茶水里。有时候爷爷又主动要多吃药，奶奶刚喂好了药，他却和我们“打小报告”，说奶奶不给他吃药。

这两年，喂药越发困难了。爷爷吞咽困难，能碾碎的碾碎了吃，不能碾碎的，就掰成好几块，每块要喝好几口水，试着吞好几次才顺利吃下去。药水有颜色，白色衣服上时常有染上，口罩是兜不住太多液体的，奶奶就把毛巾叠起来，放在爷爷下巴下面。吃好一次药，毛巾要来回翻好几次。

即便如此，奶奶身体还是很好，从来不吃药，驼着背这里忙那里忙的。还顾着家里的田，有时候骑着三轮车去地里弄菜，还会给两个女儿分好一些蔬菜。奶奶好像永远是精力满满。

五

一天，老妈接到奶奶的来电："我有点呕吐，头晕。"

老爸拿上退烧药、中成药，给奶奶吃下。问奶奶怎么回事，奶奶说会不会是冰箱被爷爷打开了一晚上没关，里面的东西坏了，吃坏了肚子。烧退了，但是奶奶精神还是不太好，还是会吐。带奶奶去医院验了血，血显示没什么问题，又配了一点止泻药。

过了几天，姑姑来看奶奶，觉得奶奶还是没精神，就带奶奶去医院拍片，这一拍果然拍出原因了。

奶奶脑梗了！虽然只是轻度，但奶奶一倒下，我们全家阵脚就乱了。现在我妈带我儿子，离不开，如果奶奶住院了，要陪护，爷爷也要照顾，其他人都要上班，一直请假也不是长久之计。这几天我们的头都要炸了。

后来决定，索性让爷爷奶奶一起住院挂几天盐水，本身爷爷过段时间也要挂水的。这样的话照护的人只需要一个。老爸早上送早饭，中饭医院有，姑姑最近不算忙，白天姑姑在，晚上就轮流陪夜。

不少街坊邻居来医院看奶奶，说的最多的一句就是爷爷怎么办。是啊，奶奶身体结实的时候，我们小辈省了多少心，这下必须考虑以后照护怎么办了。尤其是姑姑的女儿也刚生了孩子，有下一代要照顾，可老一辈也不能放下。

还好，镇上有好多为老服务的好政策。我们给爷爷奶奶订了老人饭，一顿三块钱，以后就不用自己烧饭了，轻松不少。还有长护险，出院以后隔一天就有护理员上门照护老人，一天两小时，虽然看上去时间不长，但是哪怕是简单的陪他们聊聊天，也挺好的。

奶奶自从这次脑梗以后，嘴巴歪了，讲话有时候也不那么清楚了。有一次姑姑发现奶奶吃药都成问题。问起来，奶奶说：“我记得啊，放在北面的抽屉里。”可实际上出院以来一直吃的是爷爷的药。

不过老夫妻俩倒是很少因为什么事情吵架了，两个人的节奏竟合上了。大家商量着，过段时间，如果爷爷奶奶还是不愿意和我们小辈住一起，那就请个阿姨白天照顾他们俩，晚上我们依旧轮流陪夜。还给他们装了监控，平时可以直接交流，万一发生什么事情，也好第一时间应对。

不在身边的时候，我打开监控，看着爷爷奶奶依旧坐在凳子上。爷爷盯着云说：“下雨了，也不知道村上老李家的稻子收好了没有。”奶奶接上话茬：“你个老头子，自家的还没收呢吧！”看着看着，没一会儿，两个人一起打盹了。

秋日的云啊，过了一季再过一季吧。

八仙桌

南方一个平常的清晨，天还是黑蒙蒙的，雾厚重，伸手看不到手指。这雾浓白，绵绵的，看似厚重，却是轻盈。池边的绿叶菜上点点露珠，静得圆滚滚。雾看来是飘动的，只是不经意的、缓慢的。露珠顺着雾带来的微风，丝滑地滚落，沿着叶子的脉络四散开来，落入土中。泥土逐渐变得湿漉漉的，清新的泥土气夹带着潮湿的池边台阶的苔藓腥味，温柔地钻到晨起人的口腔中，湖里一两艘渔船已在回程了。戴着头巾的老人坐在船心，手上动作不停，倒腾着今天的收获，看样子鱼虾还是捕到一些。船桨卖力地划破渐渐稀薄的雾，摇船的手却是轻盈的，像是夹带着风的助力。平静的湖面泛开有规律的涟漪，一圈又一圈，随着船远去，湖面又恢复平静。湖边有一艘木船，已搁浅了小半个世纪。绿色的荇草不知怎么从湖中偷偷溜到了木船里，没人注意，它们就肆无忌惮地生长着，蔓延着。一轮时光过去，荇草换了一波又一波，木船染上了油油的绿意，明明一直处在停歇的状态，却焕发着另一番活力。

墨绿色的网里早已热闹非凡。散养的鸡，通体的毛油得发亮，公鸡轻松吊起嗓子，总是莫名地卡着点，叫上几声，再继续在鸡棚里左转悠、右转悠。鸡棚连着院子边的小屋，小屋岁数也不小了。黑色的瓦片蒙上灰突突的颜色，里面也是鸡的活动空间，还有零散的耕作工具。房顶上一盏白瓦灯，玻璃层已看不出来原本的模样，像是在泥水里浸泡过，又被北风风干。泥牢牢地附着在灯泡表面，没人去剥离，也不主动掉落。屋子碰到大雨，还是会漏雨漏风，可这灯泡却一直杵在中央，不偏不倚，没见开过。也许曾经亮过，也许还能亮，没人知道，过往的鸡兴许知道。

伴着鸡鸣，于阿婆也起床了。她喜欢坐在八仙桌里面的固定位子，用一个黑色的塑料木梳，把头发从前到后打理一遍。虽然黑白夹杂，但是不管在家还是出门，她的头发总是一丝不苟地贴在头皮上，再用一根夹着亮丝儿的带有弹力的绳子，把多的头发扎成一个小鬏鬏。印象中无论何时，阿婆的头发都是这么个长度，不知道去哪里剪的头发。哪怕后来身体差了，她也从不喊小辈帮她梳头发、洗头发，她说自己可以，是个有点倔的小老太太。于阿婆的眼里都是活儿，梳个头的工夫，把八仙桌也收拾好了。

这个八仙桌自从于阿婆嫁过来就一直在客堂间里。于阿婆第一次见于爷爷，也是在这张桌子的边上。介绍人拉着年方二八的于阿婆去相看于爷爷。那时她干瘦干瘦的，只顾低着头看自己的布鞋，脚后跟早被磨出一个破洞，她把脚往里收了收，生怕被发现。八仙桌四周有镂空的雕花，镂空的地方挂着自家做的抹布拖，裤子、衣裳实在没法儿穿的，就剪成同样长短的布条捆在小木棒子周围，钢丝一扎，简易抹布拖就做成了。据于阿婆说，那时她看到的抹布拖虽然五颜六色，却是干干净净的，心里对这户人家多了一丝好感。

也没有什么特别的仪式，就算是嫁过来了。有人给邻居们发了几把糖，她穿着红衣，邻居们爱看热闹，把两个陌生的新人推坐到一块去，让两个人挤在小小的板凳上。于阿婆羞红了脸，只是低头扒拉着八仙桌上挂着的抹布拖。邻居们散去后，她小心地把自己为数不多的衣服平整地放在卧室里，还有从娘家带来的镜子，折起来和衣服放在一起。于孟小时候，看着生了锈的镜子，嚷嚷着要给阿婆换一个，阿婆摆摆手说不用不用，把镜子又放回了原地。镜子背面还有画着富有年代感妆容的女子，咧着嘴笑着。镜子边生锈了，几十年如一日，照着镜中人面，一晃又是一个四季。

屋子里最熟悉的，莫过于这个八仙桌。于阿婆拿起钩着的抹布拖，开始了平淡的日子。于阿婆个子小，脚也小，脸也小，看着活力满满，不像是个九十来岁的人。她习惯中饭多烧一口饭，盛到空碗里，罩在罩子下面，放在八仙桌上，当晚饭吃。习惯在空地上种满菜，来不及也种，平常小辈们拿去的装水果、饼干的袋子留着，在里面装上蔬菜，给几个孩子分好。有的住得近，就平时走动的时候捎走，有的住在镇上，就周末来的时候临走时塞到手里。还有没开封的礼盒、饼干，阿婆牙齿吃不了硬的，每回小辈们回来阿婆都踮着脚从屋子里掏出来，通通放在八仙桌上。当然也有新鲜的蔬菜，从鲜嫩欲滴，到放在角落里慢慢枯萎，最后才到了阿婆的锅里、碗里，到了她日渐干瘪的肚子里。

于阿婆这一辈子生过六个孩子，五个男孩子，一个女孩子。说起来是孩子，其实最大的儿子也早就退休了，但是在母亲眼里永远还是孩子。阿婆恨不得家里养的鸡、种的菜给每家都留好，闲下来就不得劲，恨不得一直忙忙碌碌，倒也乐呵。听家里长辈说，于阿婆原本姓姚，嫁过来以后，姓氏也跟着于爷爷的姓改了。那时于爷爷家条件在村里算是中等，用后来的话说是长工，比当时的短工生活好一些。

在那时重男轻女的大环境下，于阿婆和于爷爷倒是更欢喜唯一的女娃，取名叫芳芳。有时于爷爷会采两朵野花回来，还会买一个半新的玩具，于芳芳就欢天喜地地半跪在凳子上，在八仙桌上鼓捣。每回爷爷出门，她非要黏在他身边，爷爷也是现在说的女儿奴，自然是拗不过宝贝女儿，只好答应。这女娃也出落得好，两个眼睛水灵灵的，放学了还会帮家里收拾收拾。村上隔壁邻居一直夸，说要讨过来当媳妇是最好了。芳芳就这样长到了十一岁，于阿婆现在回想起那年过年，还是叹气。

那一年，芳芳留在了十一岁。本来于爷爷不打算出门的，临时被叫去地里忙，那会儿天黑得快，芳芳非要跟着爷爷一起去，拗不过，就让她跟着一起出门了。过了没多久，芳芳感染了风寒，村里的赤脚医生给喂了药，打了针，还是没救过来。因为唯一的女儿过世了，老夫妻俩商量着又生了一个。老夫妻俩是希望再生个女孩。可是事与愿违，还是个男孩子。原本动了心思，把这小儿子和别家换个姑娘，但是长辈们都说男孩子不要换走了，最终没有换成。后来于阿婆就找赤脚医生结扎了。

活下来的几个孩子，最大的和最小的年龄相差也很大。为了生计，阿婆和爷爷卖力干农活，没日没夜的。印象最深的，是长辈说生小儿子的时候，于阿婆已经四十来岁了。别说在那个年代，哪怕放在现在，也完全是高龄产妇了。村里面聊家长里短，无非就是这些事情。于阿婆虽然没读过什么书，但是很明白为人处世。她说当年肚子显怀了，活儿还是照样干，但如果家里有人来做客，她就缩在八仙桌后面，把肚子藏起来，她心里不在意闲话，但是不愿意其他几个孩子遭这罪。

村庄朦胧的夜色，几乎每晚都陪着于阿婆。不比现在人生娃金贵隆重，那时接生婆来，生完顶多过一个月，就下地干活了。不知道是体质的问题还是其他的原因，于阿婆没落下月子病，每日都是精神头满满，一边干农活，一边操持家。晚上还要借着月光，坐在八仙桌前，给这个儿子打毛衣，给那个儿子缝裤头，累了就用拳头打打自己日渐发驼的背。就这样带大了前头几个孩子。最小的儿子到了上学的年纪，最大的大哥早已结婚生子了，有了自己的小家要顾，再加上于阿婆于爷爷年纪也上去了，体力总是不及年轻那会儿，给几个儿子讨老婆的讨老婆，入赘的入赘，也逐渐力不从心了。

因为时代的缘故，家里人没读过什么书，几个儿子也没办法当兵，不知道还能有别的什么出路。最小的儿子于老末靠着勤工俭学、哥哥嫂嫂们的帮衬，也算争气读了高中。本来想着读得差不多了，就回来干农活，给家里减轻负担。于老末在地里扛着锄头，学校的王老师找上门来，说着可以去读个免费师范，以后当老师。于爷爷坐在八仙桌正中间，抽着卷烟，不说话。于阿婆知道说到底还是兜里拿不出生活费。“勤工俭学能行，让于老末读吧，是个好苗子。”王老师说了一遍又一遍。

一夜无眠。对于这个最小的儿子，于爷爷是没有太多心力，家里也没有啥积蓄。于阿婆踮着小脚，照例忙忙碌碌，一大早就喂好了鸡出门了。回来的时候，于阿婆把手心里的布头放在八仙桌上，一层一层打开来，拿出一张又一张纸币、一枚又一枚硬币，这是找了自己村上、隔壁村上一家家借来的。于阿婆不会写字，回来告诉于爷爷，哪家几块，哪家几块，于爷爷一笔一笔记上。

送于老末去上学的前一晚，于阿婆给老末拿来了一件袄子，用手按了按袄子口袋，让老末路上当心。于老末一看，那口袋用细细密密的针线缝了又缝，里面薄薄的几张票，在心口沉甸甸的。后来他睡板凳、穿破袄，一路走来没喊过苦。每次放假回家，就把成绩单、奖状摆在八仙桌上，于阿婆不识字，只是一遍又一遍摸着。就这样苦了好几年，总算是出息了，于老末成了镇上的一名语文老师，有了自己的三尺讲台。

人来来去去，小辈结婚生子，直到四世同堂。本来家里商量着拍个大合照，因为时间总是凑不到一块去，拍全家福的事情就一拖再拖。于阿婆眼睛花了，手脚不利索了，还是努力轻轻地给于爷爷的黑白相片抹去灰尘。八仙桌里的抹布换了一个又一个，总是干干净净的，一如几十年前于阿婆见到的那个。

上善鹿城，瑾晖与共

说起江南，更多给人感觉是温柔女子的模样。那女子着一身古风旗袍，笑意晏晏，立于粉墙黛瓦下，轻扶油纸伞，在青绿的石板路上袅袅娉婷。微风拂过，吹起她娇俏的眉眼，吹起岸旁的水花，吹起春的温柔、夏的明媚、秋的绚烂、冬的清冷。一开口，便是吴侬软语，是水滴落于湖心泛起的微微涟漪，是片片桃花落在肩头的欣然。

说起昆山，大多数人知道她多年位居百强县之首。其实她也是一座江南城市，位于江苏省东南部、上海与苏州之间。她还有另外一个亲切的名字，叫鹿城。她似一头倔强的鹿，以蓬勃的姿态向前迈进，在江南风景之外，走出另外一番大好光景。

我出生在昆山的水乡小镇。记得儿时，耳边是质朴的本土口音，身边是简单的人情往来。大家饭桌上的菜色有几分相似，自家种的青菜，有多的就越过玻璃窗递给隔壁人家。孩子放学大人没工夫接，就坐上隔壁爷爷的三轮车和伙伴一起回家，一路唱音乐老师教的《让我们荡起双桨》。饭后，左邻右舍摇着蒲扇坐在牙子上，说最平凡的家长里短。周末的小镇，散发着生动且舒坦的气息。白天的公益课堂上，孩子们眨着大大的眼睛，托着腮展望梦想中的世界。夜幕之下，伴着优美的旋律，老人们舞动着身子。最惬意的，还是遇上好天气，小镇的脚步慢下来，随着和风伴着花香去到湖边，听一听树上的声声蝉鸣、脚边潺潺的流水声，身体不由得放松下来，一起放松的还有心中最静谧的角落。

后来我去了北京上学，走进书本中的地坛、天安门，走进古朴庄严的气场，与江南水乡不同的是，更有一种厚重的包容感。机缘巧合下，我认识了一些同样从南方来北京的人。这群可爱的人以自己的方式帮助一些人，发出一些光，改变一些事。也许是骨子里对于这种单纯美好有所希冀，我也加入了很多志愿项目，如给留守孩子辅导作业、探访临终的高龄老人以及和远方偏远地区的孩子写信交流，告诉他们世界很大，江南很美，等等。每每看到他们信任的眼神，总让我怀念起家乡的美好，仿佛找到了另外一种价值与归属，心里多了一份惦念与踏实。

源于四年的志愿服务经历，出于对美好的向往与追求，毕业后我选择回到家乡，当一名大学生村官。走网格、访百姓、解矛盾，我扎根在市井间感知世情温度，在流转的四季中收获成长与认可。这几年，也见证了家门口的巨变：溜达有去处，随处可见的口袋公园成为百姓的心头好；办业务效率高，一刻钟便民服务圈覆盖生活的方方面面；老有所养，老人家里纷纷装上了适老扶手，志愿者医护团队上门量血压测血糖；学有所教，一所所新的学校规划建设中……鹿城新风吹来，一朵朵海棠花红在每个人的生活中，以不同的姿态悠然绽放，清香四溢，情暖万家。

现在的昆山，早已焕然一新。耳边多是不同的方言口音，鹿城以开放包容、润物无声的姿态拥抱他们，也拥抱一个全新的自己。崭新的彩色步道、新建的楼房大厦、马路上的车与人熙攘往来，元宇宙项目的签约落地、两岸青创园的蓬勃发展、昆山杜克大学的“磁吸效应”，人和城都以向上的姿态奋斗着，就像马路上的广告牌上写的，新老昆山人都在“敢闯敢试、唯实唯干、奋斗奋进、创新创优”的昆山之路上奋进着。

巨变之外，老的事物依旧留有他们独有的风采，给赤忱的游子们留有一方天地，可以慢下来、停下来、留下来，恍然间多了一份类似北京的厚重感。在这里，可以逛一逛古朴的老街，摸一摸饱有岁月痕迹的老物，还可以和坐在桥下扇扇子的老人聊一聊，听一听古村落的历史故事，再品一品丰盈可口的大闸蟹，走一走记忆中的带着乡愁的江南小路，让身心都安顿下来。江南水乡摇身一变成为旅游打卡点，改造后的慢行骑跑道、雨水花园、乡野愈疗民宿焕发出新活力，也带来了文旅新业态。古戏台呈现的昆曲之雅、老手艺人海棠糕的匠心传承、传统鱼塘的农耕文化……无一不令人驻足。

说到根上，还是离不开“文化”二字。坚韧、善良、质朴等精神特质，根植于江南文化之中，才能支撑昆山这座城市的蓬勃发展。古有顾炎武“天下兴亡，匹夫有责”的家国情怀，现有钱七虎院士的瑾晖慈善基金，这种骨子里的特质，带动着一批又一批热爱家乡、饱含深情的鹿城人回报家乡、共建鹿城。钱院士的格局我们也许难以企及，但是我始终牢记自己的初心，怀着朴素干净的情怀，认真做好每一件事。工作之余，以笔抒情，写一写身边的正能量的人与事。在有余力的情况下，给青海的孩子们送去就学资助，并捐建爱心图书室，让瑾晖的大爱之光播撒到远方。我想，肯定还有很多像我一样从这里出发，又回到这里的青年人，无论走得多远，无论身处何方，心中都记着自己是一个昆山人，心中有力量，肩上有担当，这是这座城市赋予我们的天然使命感。

六月的晨光，照得人暖暖的。那光淡然地流淌，流到千家万户。快速发展的经济、水韵灵动的风光、担当有为的文化、幸福小康的生活，鹿城的每个板块各美其美、美美与共。身边的“昆山之链”，带动起新老昆山人的心头之恋，带动起江南焕发出新的内在生命力，为世界解读江南文化打开了小而美的窗口。

我站在红旗下，感受内心的恬静与丰盈，眼前一幅江南新水乡的美好图景正在徐徐展开。不远处，一群又一群鹿城青年人站起来，接过守望的接力棒，一棒又一棒，在奔腾的浪潮中，在基层的广袤天地间发出自己的光和热。

飞鸟

那时的空中，常有一团一团的尘土，大老远就如整装队伍一样直挺挺地进发。这尘土近一分，四周的光就暗淡几分。竖着的电线杆子上，一只鸟若有似无地扇动着翅膀，大多数时候立在上头一动不动，眼睛直勾勾地平视远处另外一根电线杆子。

白天，悬浊的霾总是一阵一阵裹着尘土糊到脸上、头发上，引得路人不自觉地咳嗽几声，鼻子一抽一抽的，打上两个爽利的喷嚏。那霾打开一个口子，不到几秒的工夫，重又糊上来。路人匆匆向前，互相交叉，从一个气团冲进另一个气团，眼角的丝丝纹路显出时间的痕迹却仍是乐此不疲。

自然这里的夜晚是望不见星星的，满眼的青墨色，在灯光的绚烂下令人有些晃神。五光十色的广告牌在动感嘶吼的背景音乐中舞起精致的裙摆，拉着行色匆匆的夜归人进来饱腹一番。白日里闭门不开的歌厅敞开了门，三两个烫着大波浪卷的女子身着亮片长裙，低头刷着手机，另一个手里夹着一根极细的烟，不时呼出一小圈白色的烟气来。

街上零散摆着几个卖烤串串的摊子，摊主一边来回翻动着手中的肉串，一边随着音乐左右摆动。街角闪着幽绿的点点亮光，一有人走近，那亮光忽地窜开，大抵是流浪的野猫在觅人们剩下的食物吧。

“嘶，真冷啊。”许姊刚下地铁1号线，没来得及用毛手套挡住眼睛，风就紧贴着眼皮狠狠地刮了过来，凉意已经感觉不到了，只剩似刀片刮过带有锋芒锐利的刺痛。她裹紧了外套，哆嗦得连话都不想多说，仿佛在地铁上人挤人而积攒的热气会被吐露的热气消散掉。

呀，还下雨了，她套上帽子，暗自吐槽这糟心的天气，小心地避开红色砖块上积起来的雨水坑。还不忘用戴着手套的手，把帆布包再往身上压一压，但愿能少淋到一些雨水。

一想到马上能到温暖如春的宿舍，许姊的脚步更密了。屋里头和屋外头完全是两个温度，慢不起。宿舍暖气足，单穿件单薄的毛衣就足够了，个个脸红红的，用不着哆哆嗦嗦，撸起袖子洗床单都不在怕的。

进门，许姊第一件事就是一个箭步冲向暖气片，冻僵的手来回在上面抚摸，呵，活过来了。然后才摘下毛线帽，脱下厚重的装备，一身轻松地提着热水壶去走廊打水去。临走，许姊在箱子里抓一袋牛奶放在暖气片上，灌一壶水的时间刚刚好温热。

“小雅，你也才回啊。”许姊和舍友小雅打招呼。瞄一眼楼梯间的钟，指针过十点了。小雅穿着淡粉色家居服，左手抱着一摞书，右手手指头勾着水杯，用胳膊揉了揉眼睛：“是啊，看不进了，眼睛疼，自习室还有人呢。”估摸是走廊里哪一扇窗户没关严实，风偷溜进来，小雅话音未落，就被推着奔向宿舍。瓶口水声渐钝，许姊盖上瓶盖提起就奔回去。没半分犹豫，就决定不冒着大风大雨的去澡堂了，还是就缩在暖和的洗手间捣鼓下头发得了。

小小的一间洗手间，舍友们形成了使用的默契，调整各自的生物钟，轮流进来，洗这洗那地拾掇。有时正好凑在一起也是正常，有含着牙刷刷牙的，有坐在小板凳上往盆里倒洗衣液的，有用吹风机吹头发的，大家热热闹闹地挤在一堆，聊着八卦，互相逗乐。

吹风机声音大，聊到兴起处，大家伙儿讲话的声音变得越来越大，引得原本在阳台上打电话的小雅也跑过来一起聊天。说到英语课上的舞台剧，壮壮反串演巫婆，手里拿着用凉席制作的披风道具，和披着被单饰演公主的小雅演对手戏，一个个乐得直不起腰。

“呀，进眼睛了。”洗发露进了眼睛，辣得眼睛疼，许姊尽力眯着眼的同时睁开一条小缝，对着水龙头朝脸上泼些干净的水冲洗，试着睁大些，再眨巴几下，好了。洗完头发的第一盆水总是黄且混浊，头依旧觉得沉重。接着再洗一次，水才清起来，脑袋也跟着轻盈起来。简单吹一吹，蓬松的发丝在指尖随意地舒展开，被毛线帽压得扁扁的头发活了过来。

许姊蜷缩在一米宽的床上，一按小桌上电脑的开机键，捋一捋耳机线，点开一首舒缓的轻音乐。闭上眼，感受柔软的睡衣质感伴着发丝的香气，舒服极了。耳机虽没有好的隔音效果，但舍友们的讲话声仿佛被隔绝在了床帘子之外，隔绝在了思绪之外。很快，许姊轻轻地飘啊飘，飘去一个温暖、静谧的山村，大人们坐在院子里唠着家常，手里不停地剥玉米。这家有一个女孩、一个男孩，女孩看上去个头稍微大一些，两个孩子在一起玩捉迷藏，眼神干净明亮。

“嘀嘀、嘀嘀、呜、呜……”许姊的梦被手机短信的提示音和震动打破了。点开，是一个熟悉的头像，发来了一篇让她哭笑不得的公众号文章，题目是《小姑娘，早点回家嫁人得了》。许姊本想再眯一会儿，却怎么也睡不着了，身下的床板也变得硬了，硌得腰生疼，她抿着嘴，对着白墙壁发呆，食指点着墙壁划来划去。好不容易养长的指甲，被她划得光秃秃的，外圈的曲线带着锋利且不平整的磨痕。一看，划得指甲缝里都填满了白屑，许姊轻叹一声。

大概从小就是这样，习惯了。碗里的红烧肉吃完了，美滋滋地再想搛一块，可被母亲的筷子猛地打掉，眼巴巴地看着肉去到了弟弟的碗里，只说弟弟正是长身体的时候，却不见她默默吞下的眼泪水。弟弟玩闹的时候打翻了厨房间的米缸，白花花的米洒了一地，大人们也只会责怪她没看紧弟弟。她只好对着墙壁鼓捣自己的指甲，指甲盖几乎没有哪个是圆整的。

弟弟上学的时候，考试没有姐姐当年考得好，大人们在饭桌上说“这好基因都给了女娃了”，眼神里忍不住的可惜。每每这种时刻，她总是低着头，暗自在角落里，要么数地上的蚂蚁，要么看墙壁上蜗居的蜘蛛，要么数雨滴落在池塘里泛起的点点涟漪。

即便如此，儿时的许姊最喜欢的还是上学的时光。她喜欢在不大的教室里，安安静静地听三尺讲台上语文老师抑扬顿挫的朗读声，哪怕背的书包是旧的、铅笔头削了又削直到拿不起来。那个穿格子西装的语文老师总夸她写的作文，让她站起来给同学们念。这时她总会往下拉一拉衣角，脸红通通的，悦耳的声音穿过结着霜的玻璃窗，飞向蓝天。

“许姊，有信。”生活委员拿着几封信来了，还没进门就开始叫她的名字。她一骨碌翻身起来，揉了揉眼睛。“你的‘小朋友’又来信啦，我拿给你！”小雅的手在床沿比了一个“V”。

信封上是四四方方、略显稚嫩的笔迹，从几百公里以外的地方而来，这是这个月收到的第二封了。小如在信封前面工工整整地写了自己的名字，又横平竖直地写了“许姊姐姐收”。背后还写了一行小小的字，是“谢谢邮递员叔叔”。她会心一笑，这孩子总是这么懂事。

这封信，是许姊的“小朋友”小如寄来的。大朋友小朋友公益项目是许姊参加的一个公益活动，经朋友推荐去的。说简单，是每个月有书信往来就行；说难，是坚持一年两年的很少。小如是北方偏远山区的一个女孩，上初中。就这样，相隔几百公里的两个女孩相识了，从第一封信开始，从自我介绍开始，慢慢有了丝丝的联系。

小如也是个性格偏内向的女孩，一开始两个人来回写信，写到最多的就是“你好姐姐”“谢谢你”“晚安，早点休息”。明明是礼貌的用语，却略显客套，连着几个月两个人也没有更加深入的交流，浮于纸上的只是一些今日天气、昨日课业做到几点的芝麻蒜皮小事。许姊是有些急的，急着想要了解，急着想要远处的小朋友打开心扉，希望两个人能像真正的朋友一样谈天说地。她与参与项目的前辈沟通，说了自己无奈的心情，前辈笑着说了三个字——慢慢来。

经过了大半年的写信交流，小如才慢慢放开，说家里羊圈里的小羊们熬过了最寒冷的季节，生了小羊崽儿。说后座的男同学拽她的辫子，让她恼火得很。说学习跟不上，上课不敢举手，不敢和老师对视。说期待着自己的生日，不要什么生日礼物，也不想吃蛋糕，只想着过生日那天父亲可以回来陪着。说和母亲一样，手上生了冻疮，可是同学们一起排着队打水不觉得冷。说最喜欢的是体育课，男生女生一起在空地上跑操、玩球。

许姊像个大姐姐似的，看着她倾倒而出的情绪，静静点点头。拿出信纸，趴在宿舍床上，跷着腿，笔戳在脸上，想着如何回复小如。上网找了找小如所在城市的风景图，那看不到尽头的云，一定比这里的更加通透敞亮，孩子们的脸上染着天然的红晕，雾气萦绕的山间，点点白云互相依偎地啃着草。

“许姊，走，去看流星雨呀！”小雅把床上帘子掀开。

难得一见的流星！一听，许姊立刻放下笔，把信放到枕下，两阶并做一阶就从扶梯上蹦下来，裹上一件外套，和舍友们手挽手集体向操场出动。深蓝色的天空充满神秘的寂静，没有飞鸟飞过，唯有几只小萤虫围着四方的玻璃灯罩飞着打转。大风呼呼吹过，路灯旁的草丛发出沙沙的声音，从西南角传来一阵阵居民区广场舞的音乐声。

操场上早已坐了不少人，叽叽喳喳地盯着周围的天空，生怕错过些什么。难得一群人齐齐地放下手机，托着腮帮子望天空。等待是漫长的，冬日的寒风总来凑热闹，刮过一阵，带起尘土，眯得人睁不开眼睛。正等得心焦手麻，不知哪里传来吉他声，大家凑在一起哼唱着周杰伦的歌曲，自己成为自己的听众，等待的时间不再显得漫长。

“看那儿，流星！”流星落下不过几秒的工夫，周围一阵叹息声。不过有了盼头，更不愿打哈欠走神了，开始分工合作盯着四周看。星空像是在和大家开玩笑，经过许久的等待就是不见流星落下来。瞧瞧周围，大家眼皮都要撑不住了，却还是努力硬撑。难得一见的事物，总需耐得住性子些。

“啊，流星又来了。”小雅拽她往东面看，正好看到落下的光亮。

许姊双手合十许愿，美好的传说她还是信的。睁开眼，看见旁边的同学还在闭眼许愿，一副心满意足的样子。

许姊在回信里写到这一场流星雨，说天上的流星，讲漫天的光亮，告诉小如要成为一点光，要坚持，要努力，就可以走出大山。小如回信说“还没见过流星呢”。许姊想该如何形容呢？她闭上眼，全然的黑，忽然闪光的，就是星星了。忽地一下，一个优雅的弧度自上而下消失不见，就是流星了。

许姊洋洋洒洒写了一大篇，畅快地放下笔。自此，这里的风景、人，许姊更留心地记录下来，想着讲给小如听。写夜晚绚烂的景、五花八门的事，带小如行走在各色美食中间，畅谈于烟火气息之外。写公园里老大爷用毛笔写书法、孩子在冰上滑冰，也写地铁里人挤人，被溅出的豆浆、寂静的空气中偶尔孩子的哭闹声搅得越发烦躁，大家面无表情地盯着手机，手指来回动着。

许姊手肘交叉撑着脑袋，闭上眼，仿佛看到小如在座位上，自由地畅想着这座城，仿佛有了更大的动力奋笔疾书，为打开自己的那一扇窗而努力。许姊为自己可以激励她好好学习，天天向上，有属于自己的一片天地而暗自欣慰着。

信依旧来着，有时会夹着一只纸折的小千纸鹤，有时会带着一个薄薄的塑料挂件，还有小如最喜欢的可爱贴纸等。许姊笑着把这些连同信一起收在收纳盒里，连同那一份收信的安心感也收起。慢慢的，盒里的信来得慢了脚步，信的内容从也两页到了一页。许姊依旧是写满满两大页纸，想着小如应该是学业忙碌而已，并不在意。

快到毕业了，这回轮到许姊忙起来了。实习单位宿舍两点一线，白天谨小慎微地跟着公司姐姐学业务知识、见人情世故，经常回学校已经是晚上11点了，宿管阿姨扯着嗓子催从图书馆自习归来的同学们快走。许姊跟着队伍，总算在关门前拖着像灌铅似的步子进了宿舍楼。

九十多斤的小身板倒完几条地铁，累得连手机也不想拿起来，简单啃个在路边买的手抓饼，立马倒头睡着了。生活委员依旧会拿着信来敲宿舍门，许姊看到时已是第二天。信堆在那里，来不及回，也定不下心。

一次收到小如的来信，信里说有和她一样的大朋友来看她们这群小朋友。信中并没有提及未见许姊的伤心，可简短的信，最后少的一句晚安，依旧能看到小如心里头的期望与失落。许姊能想到，那天小如的小脑袋趴在教室的窗台，马尾上的碎花发圈耷拉着，在人群中找寻一双同样找寻的双眼。身边的同学们飞奔往大朋友的怀抱去，互相拉着手絮叨着生活的点滴，小如只能装作不在意，坐在位子上拿课本挡着脸。

夜里，许姊梦见了小如，梦见那个未曾谋面的小朋友，穿着大红色外套，每天等在自己的座位上，等着生活委员来发信。信像雪花似的落下来，四周沉浸在收信的喜悦中，一封、两封……无信的失落，真切地打在小小的心上。

是的，要去见她。

“你真要去？那么老远？”小雅啃着苹果问许姊。“我答应过的，得去！”许姊边答边在网上找给小朋友的礼物，第一次见面送什么好呢，真是发愁。也在信里试探性地问过小如，想要什么礼物，懂事如她，说只要能收到大姐姐的信就开心了。哎，果然坚持不易啊。

真到的时候，许姊愣住了。长途大巴经过漫长的十几个小时长途跋涉，到当地时已经是傍晚了，睡的是钢板搭的铺子，几个女生一间，挤一挤。火炉烧得旺，当地人提醒说要开点窗，通通风。这床比宿舍的还要硬上不少，几乎没怎么睡着。上厕所要跨过一条马路。马路上没有灯，周围的居民楼也都是暗的，偶尔有狗叫声穿破寂静。要去时只得带着手电筒结伴同行，心里还是有点忐忑。

心情最复杂的时刻，听闻一声“看，星星！”，同行的人一起抬头，只见点点星星在眼前肆意绽放，街道寂静，空无一人，星星自顾自地释放着夜的光芒，抚慰着路人稍稍胆寒的心，似是说着“莫怕，莫怕”。本是旅人的她，竟有了一丝归者的心安。

此刻回想起自己信中的有些话，真是觉得脸红。莫名的优越感，也许对小如来说，难以感同身受。而许姊，对小如的心境也难以感同身受，或许小如对外出打工未归的父亲更多的是无奈，对周末牵羊喂草更多的是担当。许姊一夜无眠。转瞬即逝的流星稀奇，但繁星点点何尝不是另一种稀奇。

去学校依旧要坐一段大巴。透过车窗，能看到路边散养的羊群悠闲吃草，大朵大朵的白云躺在天边，远得不见尽头，树木高瘦地立着，树枝上孤零零地挂着几片枯叶，衬着山间别样的开阔无际，一群鸟儿呼啦啦飞过田野，飞向天边。大巴上时不时传来赞叹的声音，说这是多么特别的地方。

车窗外，一切都在急速后退，远离了都市的喧嚣与浮华，显得那么宁静与安详。许姊原本想在车上补个觉，可是又舍不得错过窗外的风景，只能是眯一会儿又忍不住瞧一会儿。

到了学校，许姊早就看见小如站在校门口来回张望着。如梦中一样，素未谋面的两个人一下子认出了对方。小如有些害羞，但还是亲切地走到许姊的身边，带着许姊看自己的课桌。课桌上橡皮被切成了好几块，小如忙着把橡皮屑扫到地上，挠头笑笑，招呼许姊坐一会儿。信中烦人的男同学也在，小如掩着嘴笑，给许姊做“嘘”的俏皮表情。小如回过头，向这个男同学介绍说“我也有大朋友呢”，莫名的骄傲。

打铃了。原本空荡荡的操场，一下子都是做早操的孩子，一切信中生疏的又仿佛熟悉的场景展在许姊眼前。小如也往队伍中间排好，嬉笑一阵，队伍在喇叭的指挥下整齐有序。许姊和其他大朋友一起站在队伍旁边看着。同学们满是笑容地做着早操，眼里纯净得没有一丝杂质。多好啊，少年。

她们又到宿舍里看看，小朋友和大朋友们聊着天。被子都整齐划一地放着，小如还抢在许姊来之前又整理了下碎花床铺，眼睛四处打量着，就怕哪里不齐整。见到许姊带来的几本课外读物，小如一边笑着说“姐姐破费了”，一边欣喜地摸着封面，把课外书小心地收到柜子的最里面。嘿，这懂事的孩子啊。

见面了，更加真实了，却也有几分尴尬，不知道说些什么。明明信中什么都可以吐露，到真见上面，好像又蒙上一层纱，虽轻薄却把双方隔离开来。“你这被子看着不厚，不冷吧？”许姊用眼睛四周看看，找着话题。小如用手摸了摸床杆子，低着头笑说：“不冷，一直盖这些。”空气再次安静，小如顿了顿说：“冷的话，再把衣服盖上去就好了。”许姊点点头，像是听到了多么特别的道理似的。阵阵风从窗户透过来，许姊下意识地裹了下衣服。小如立马起身，问了问其他小伙伴冷不冷，就去关窗了，像个小大人似的体贴。

大喇叭响起，大朋友们集合回程的时间到了。许姊从矮矮的小床上起身，一个不小心磕到了头，轻轻叫了一声。回头一看，一个卡通纸片贴在上面。两个人相视一笑。可惜，才刚开始真正活络，就要分别了。

两个人手拉着手往外走，一直走到校门口。小如不能出校门，光洒在她身上。许姊不舍地走出校门，转过身挥挥手，小如的马尾在光里跳跃着，那些鲜活的人、生动的故事从信中飞出来，涌向当下。

在回去的大巴上，许姊打开小如塞给她的一封信。信中，小如诉说着自从知道许姊要来就在日历上画圈数日子，每天折一只千纸鹤，等呀等，告诉远方的父亲小姐姐要来看她了，告诉天上的星星可以和信中人见面了，告诉床头贴纸上的四字哥哥自己有多开心。许姊咬了一口小如塞在口袋里的枣子，真甜啊。

再写信，状态变了，变得更像朋友了。许姊也会倾诉自己生活中的不开心，和小如分享点滴：手抓饼吃多了也会觉得腻，实习太晚了老板请客吃夜宵，乘地铁的时候打盹坐过了站……一切仿佛更真切了。听着家里的絮叨，想要放弃的时候，翻看着来信，许姊倒是受到不少的鼓舞，仿佛有一个小小的人儿在耳边说着加油。

中考结束了，小如来信说，考上了一所挺好的学校，父亲奖励她一部手机，她发朋友圈晒自己最喜欢的四字哥哥，说自己要向他们学习，做更好的自己。许姊坐在地铁上看着来信，心里涌起一阵暖意。呼一口气，看了眼电子邮箱中的offer（录用通知），终于可以留在这个城市，能走多久不知道，但路在脚下，她就不怕。

有了手机，自然的，信默契地就不写了，生活委员也不再敲宿舍的门来送信了。“许姊，你怎么不和你的小朋友飞鸽传书了？”小雅正在把一摞书送给来串门的学妹。

许姊的手机屏幕亮了，正是小如发来的，她说：“姐姐我以后也要考去你在的城市！”许姊晃了晃手机，“现在方便啦。”遇到节日两人就在微信上聊一会儿，朋友圈点个赞，联络得更频繁了。许姊有时还挺怀念过去那段慢慢的日子，有等待，有期待。那段时光对许姊、对小如，都是一段成长的际遇吧。

许姊给小如写了一段电影《肖申克的救赎》中的话：“有些鸟儿是注定不会被关在牢笼里的，它们的每一片羽毛都闪耀着自由的光辉。”

属于我们的飞鸟，一直都在。

青天外

串起竹林翠色，倚傍闲云霞色，从朝阳初见，布衣在泉边浣洗，到日暮时分，行人步履匆忙，泉于石子间缱绻流淌，寻一份安得自在。多数时候是纯白透亮，映着泉间碎石，滋养着万物。

人生生世世，情亲亲切切，泉世代在这里。她陪伴着这一圈的百姓，流过低洼纵横的农田，流过家家门口的稻草屋，流过女子浸泡许久发皱的手指。日复一日，年复一年，她听老人们讲前尘往事，讲百年间四季永恒的流转。

她喜欢那棵石缝间蹿出的小草。她数着一二三，让冲击而下的珠子滚落在叶子上，那叶片微微颤动，珠子顺势而下，恰好回到她张开的纤纤玉手中。

她和小草包容着稚嫩面孔肆意的玩乐。穿着肚兜的孩子们聚在一团，弯腰捡石子，接连往泉里扔，比赛谁泛出的晕大，谁的晕大就可以分到最大的一块烧饼。

她们也见证着褪去青涩后笑而不语的重重心事。记得那个光着脚丫捧着书信的小小身影，嘴里念叨着远方的亲人，母亲在一边往泉里浸蓝布衣裳，说着“海，海，海”。

她也想看看海。

石子们捂着嘴笑：“你这山野泉水，竟然还想去大海，怕是白日做梦呢。”老人们端着盆，继续往里面倒淘米水：“就这样吧，村里不好吗？”布衣随着水波激荡起的涟漪扭着腰，似是看什么新奇模样。

村上最年长的老人说，很久很久以前，这山泉乃是富贵人家的私宅之泉，由精巧工匠引入室内，洗漱、浇花、吃食皆用这泉。这泉也见识了灯红酒绿、熙熙往来，见识了文人墨客写下精妙诗句，只为博得君子一赞、展美人一笑。而后富贵人家家道没落，泉也终又回归自然，自诩高贵出身却引得频频侧目。

自打知道了海的存在，泉心中暗暗做着打算，盘算何时出发，去看看山野之外的天空，看看诗中广阔无垠的海。和小草讨论着海的方向，聊着孩子父亲信中关于大海的一切。

一日，一个穿戴像个药师的外乡人来到山林，把小草连根拔起，扔进了背后的竹篓里。夜幕降临，她心里空落落的，耳边少了熟悉的声音，溅起的水珠直挺挺打在心上。此刻，看海是她心头唯一的惦念，她打定主意，即刻出发。

她穿过山林，淌过低谷，浅吟低唱着，一路向东。路边有动人的花儿朵朵，有白色的蝴蝶翩跹而来，不时有小鸟划过水面，漾起圈圈涟漪。水中鱼儿听说她要去看海，发出一阵唏嘘之声。她只是笑笑，继续向前奔走着，一切嘈杂随风飘散。不在意，也不争辩，如经过的草木，有落叶就一起走上一段，没有就继续独自前行。

她经历了夏的喧腾，树上知了叫个不停，叫得人心烦意乱，心头更生一层热意。遇到断崖，她如一条洁白的绸缎飘下，果断自如。又像身着战袍的女子，伴着节奏感十足的琴声挥舞手中长剑，引得水花飞溅，溅得雨后天晴，溅出开阔天地。她潇洒落下，落在一旁白石上，落在根根翠竹上，不免流连忘返。

她见识了秋的静默，见到了断了一截的老木静静地倚在岸边，沙子无声地躺在水底，鲜有鱼儿惊动，多数时候是奇怪的平静。一转眼暮色降临，晚霞也收了进去，即使身披外衣却依旧觉得寒气逼人。有人接一壶泉水，泡一壶清茶。那茶叶泡了多次，已沉于壶底，失了清香，多了一层苦涩。

她领教了冬的沉淀，曾见一人，头发白了大半，尽数散落于肩头。大抵是醉了，那人对着泉水，对着山鸟，对着花花草草说着不得意。凌晨有雾，迷了眼睛，让她看不清前方的路。殊不知，再走远一些，到了后山视野就开阔了。

她迎来了春的温暖，和风终是来了。那风送来独有的暖意，将山上的雪融化了，一洗她一路的风尘。刚刚还是乌云密布，一会儿就是云淡风轻。有小舟在湖上，男人们在对岸田间灌溉，女人们在岸边敲打着衣裳，孩子们像是云儿生了脚丫子，撒着欢跑在春风里。春雨打在她脸上，眼睛却望着不远处的阵阵春烟。

不知过了多久，她走过了漫长的岁月，造就了竹林的郁郁葱葱，见过了浩瀚的大海，最终却依旧回归山林。她不在意石子们的奚笑，不计较、不停息是她的宿命。心中有清泉，见证起伏，见证洪流，哪怕最终归于平和，蓦然回首，石缝间又长出了小草。

又是百年之后，又遇一人，也是头发白了大半。他将她取名为清白泉，写下《清白堂记》。不知今后又会有多少人来此，聆听水珠落向水面的声音。只要回头望来时的路，都曾珍惜过生命中的每一滴清澈，足矣。